La Sueur

LES TERRIEN

DE PÈRE EN FILS

TRAGÉDIE DOMESTIQUE EN TROIS ACTES ET UN PROLOGUE

INSPIRÉE

PAR LES PROJETS

DE

Lois de *subsistance* et de *vote des deux sexes restreint.*

1902

JEAN-JACQUES MAGNE

LA SUEUR

Les Terrien, de Père en Fils

1902

La Sueur

LES TERRIEN
DE PÈRE EN FILS

TRAGÉDIE DOMESTIQUE EN TROIS ACTES ET UN PROLOGUE

INSPIRÉE

PAR LES PROJETS

DE

Lois de *subsistance* et de *vote des deux sexes restreint*.

1902

Mon cher ami Magne,

Vous me demandez une préface pour votre nouvelle pièce de théâtre *Les Terrien, de père en fils,* et je voudrais bien pouvoir répondre à la preuve de sympathie que vous me donnez. Joindre mon nom au vôtre serait un plaisir pour moi. Mais, hélas ! la chose m'est tout à fait impossible.

Je suis vieux, mon cher ami ; je suis malade ; le temps de vie qui m'est imparti ne sera probablement pas considérable ; et les instants qui s'écoulent deviennent par suite pour moi une marchandise rare.

Or, j'ai beaucoup de travaux que j'aurais le plus vif désir d'achever avant de quitter ce monde. Je ne le pourrai sans doute pas. Du moins, veux-je en terminer le plus possible ; et pour cela l'obligation s'impose à moi de ne rien distraire des heures dont je puis disposer, d'autant que le mauvais état de ma santé ne me permet jamais un labeur prolongé.

Lire une pièce de théâtre comme celle dont vous m'avez fait tenir le manuscrit me prendrait au moins une journée ; rédiger la préface m'en prendrait deux ; et je n'ai pas le droit de disposer de trois journées.

Mais je le regrette, et ce regret, croyez-le bien, est profond et sincère.

Il y a maintenant trente-deux ans que je vous connais ; j'ai suivi votre carrière ; j'ai applaudi à vos premiers succès, et j'aurais aimé à prendre ma part de celui qui vous attend. Présenter votre pièce au public aurait eu un grand attrait pour moi, bien que, j'en suis convaincu, elle n'ait aucun besoin d'une telle présentation.!

Vous êtes un cœur chaud, une âme généreuse ; vous aimez l'humanité, et les vilenies de chaque jour vous attristent sans vous décourager. Pas d'idée juste qui ne trouve un écho dans votre âme, et je ne suis pas surpris que l'admirable campagne du bon juge Magnaud ait rencontré chez vous un enthousiaste. J'en suis un, moi aussi, et c'est ce qui fait, en dehors de l'amitié que je vous porte, qu'il m'eût été agréable d'associer mon enthousiasme au vôtre, et d'affirmer à côté des pages, éloquentes je n'en doute pas, que vous venez d'écrire, les sentiments que m'inspire le principe si fécond de la loi de pardon. L'âge, les occupations, la maladie en ont décidé autrement. Du moins ne sera-t-il pas dit que je me dérobe complètement. Publiez cette lettre en guise de préface. J'ai déjà eu l'occasion, dans mon livre récent, *l'Humanité et la Patrie,* d'exprimer mon opinion sur la grande transformation que la science de l'homme doit apporter à cette redoutable fonction sociale qui consiste à édicter des peines et à les appliquer. Ce me sera une occasion de les exprimer de nouveau, et je vous serai reconnaissant de me l'avoir fournie. C'est en ces matières surtout qu'il convient de redire le vieil adage latin : *bis repetita placent.*

Merci, mon bien cher ami, de votre bon et affectueux souvenir. Croyez bien qu'il m'est cher et recevez, avec mes vœux pour que votre prochain succès soit un triomphe, l'assurance de mon amitié cordiale.

A. NAQUET.

I

AU PÈRE DE LA *LOI DU DIVORCE*

AU PENSEUR HUMANITAIRE

AU SOCIOLOGUE

ALFRED NAQUET

Au début de ce livre, je dois remercier, bien profondément, mon illustre et cher ami Naquet, qui a bien voulu se souvenir de moi et me présenter au public en des termes trop flatteurs pour ma chétive et petite personne ; mais, à son ombre, je brillerai, car nous combattons pour la même cause : *l'Humanité*.

Je lui en suis reconnaissant, au possible ; et très amicalement et cordialement dévoué.

Jean-Jacques MAGNE.

Le 3 mars 1902.

PRÉFACE

DES TERRIEN, DE PÈRE EN FILS

PRÉFACE

Ne voulant pas dire du mal de mes contemporains — dans ma sphère littéraire spéciale — je les dédaigne ; hormis ceux à qui j'offre mon œuvre. Je me borne à éditer mon livre moi-même et à le publier, sans souci de la représentation ; me disant que ma pièce est trop avancée, comme idées, et que le bourgeois, le seul maître du moment, *y verrait un attentat à la chose publique ; la comprendrait trop en faisant celui qui ne la comprend pas. En tête de ces bourgeois, il y a, pour les représenter, l'inepte et immorale censure, et, au-dessus d'elle, les ministres de* L'HYPOCRISIE OFFICIELLE.

Donc, j'écris pour le vrai peuple, et Raka pour la sale bourgeoisie, comme dirait le protagoniste de mon drame.

Ceci dit, abordons la préface des Terrien.

* * *

Cette pièce, Les Terrien, *de père en fils, est faite à l'imitation des tragédies de Shakespeare, moitié* prose *et moitié* vers ; *à cette différence près, que le vers ne surgit que par l'élévation des pensées : néanmoins, je n'ai pas cru devoir, malgré cette élévation de pensées, reproduire les discours politiques prononcés par celui-ci ou cet autre, dans cette forme de langage :* la politique et les vers n'ont jamais passé par la même porte.

C'est seulement lorsque ces deux êtres parlent, le géocratiste Sosthène et le philanthrope Libertat, qu'il se dégage de leur personne un tel parfum d'honnêteté et de grandeur d'âme, que j'ai mis dans leur bouche le plus parfait vocable ; comme à l'intérieur, dans leur cerveau et dans leur cœur, ils avaient le plus parfait des sentiments : l'amour de l'humanité.

Je veux démontrer le côté social, philosophique et littéraire de ma tragédie domestique.

Le côté social.

Il est inspiré, d'abord, par le projet de loi de subsistance.

Je ne sais si le projet en a été déposé à la Chambre par M. Barricand, le promoteur, que je ne connais pas même de figure. Je ne veux pas lui enlever la priorité : je m'unis à lui pour cette idée éminemment philanthropique, comme à tous ceux qui la défendent et la poursuivent.

Il n'en est pas de même pour la seconde loi : la loi de vote des deux sexes, RESTREINT.

Je sais qu'un député a déposé dans la dernière session, à la Chambre, un projet de loi intéressant les veuves et les femmes divorcées ; mais c'était vouloir trop *pour l'instant et* trop peu *pour l'avenir. Je prédis un échec à ce député, s'il est renommé et s'il persiste dans son idée généreuse en soi-même, mais pas pratique et surtout pas générale.*

Sosthène Terrien, qui est mon porte-parole dans cette pièce, effleure, EN SCÈNE, *tous les sujets ; mais il les a approfondis dans son programme de géocratisme équitable.*

Sosthène Terrien et Libertat se contentent d'esquisser au fusain ce que les hommes éminents de leur parti crayonneront ou traceront à l'encre, jusqu'à ce que la sage Humanité grave sur un mur de granit ou de porphyre les principes éternels du droit au bonheur.

Ainsi : le contrôle, par la Science, de la Justice humaine ; les fortunes et les droits de successions réglés ; la mine aux mineurs et les eaux aux malades, *etc., etc., et par dessus tout* l'avènement du géocratisme équitable.

Mais il coulera ben de l'eau sous les ponts, *comme le dit M. Delâtre,* avant que ça n'arrive. *C'est pour cela que j'ai fait se suicider le bon et brave Démosthène, au lieu de le faire mourir de sa belle mort, ainsi que dit M. Isidore Troussaint.*

**   *
   **

Abordons le côté philosophique, au point de vue général de l'humanité.

Oui, j'ai confiance, non pas dans la sagesse des hommes et dans leur bon vouloir de se rendre meilleurs et d'être plus heureux. Oh! non. Certes, non. Ma confiance est très limitée pour l'instant. Je professe ici la maxime du géocratisme équitable.

Oui, j'ai confiance dans l'avenir le plus éloigné... dans cinq cent mille ans... peut-être. Le monde — je parle là des humains — n'est qu'à son aurore... et il y a le matin du frais Printemps ; le midi brûlant de l'Eté ; l'après-midi de l'Automne radieux ; avant le froid Hiver, la catastrophe finale, où la Terre sera changée en lune glacée, ne montrant qu'une face, au soleil amoindri, dans le cycle de la vie humaine sur la terre.

Le monde n'est pas prêt de finir... et... alors, je vois, si mes sens intellectuels ne me trompent point : le banquet de la Vie, non pas comme y assistait Gilbert, mais des agapes fraternelles dont nous n'avons pas la moindre idée ; le droit au bonheur équitable ; où il n'y aura plus de struggle for life *; où la sélection sera* complète ; où les Brière ne seront plus qu'un mythe ; où les affaires du Transvaal et Chamberlain et consorts seront relégués au rang de fable ; et où l'être humain — des deux sexes — sera réformateur et sociologue apaisé comme Jésus ; poète comme Homère et Victor Hugo ; dramaturge comme Eschyle et Shakespeare et Molière, qui prononça cette parole mémorable pour l'époque, dans la bouche de son Don Juan, à l'égard du pauvre : Va !... va !... je te le donne pour l'amour de l'humanité ; matérialiste comme Lucrèce et fataliste comme Diderot ; sculpteur comme Phydias, Michel-Ange et Carpeaux ; peintre comme Raphaël et Rembrandt ; musicien comme Mozart et Wagner ; chimiste comme Lavoisier et Berthelot ; physicien comme Galilée et Newton ; électricien comme Franklin et Volta ; inventeur comme Guttemberg, le père du livre ; Sénéfelder, le père de l'image, et Daguerre, le fixateur de la lumière ; solidaire comme Vincent de Paul et humanitaire comme Valentin Haüy et Dunant ; législateur comme Solon, les membres de la Convention, qui érigèrent les principes immortels de 89, et Magnaud, le père de la loi de pardon ; et Naquet, le père de la loi du divorce ; etc., etc.

Ils seront tous intelligents, tous bons, tous beaux et tous philosophes, dans le sens le plus complet du mot. Enfin, je prédis que l'humanité sur terre ne sera représentée que par un petit nombre d'individus, hommes et femmes : sélection dit choix.

Je voudrais revivre une minute, à cette heure-là, pour savoir si j'ai dit vrai.

* *

Qu'il me soit permis d'ouvrir une parenthèse à ce sujet : Je suis matérialiste et athée, je l'ai dit, publié, et je m'en fais gloire ; mais, j'estime que tant que vivra un être humain et qu'il pourra lire mes œuvres, je serai auprès de lui par mon esprit ; et si mes œuvres étaient représentées dans un avenir éloigné, comme spécimen d'un autre âge ; que les humains dans cent ans, dans mille ans, dans un million d'années, qui assisteront à ces représentations ou à ces lectures, soient convaincus qu'ils m'entendront comme ils m'entendraient à l'heure actuelle : car la somme des vérités établies, qui n'ont point eu de commencement, auront l'Eternité pour elles. Seulement elles ont percé les ténèbres de l'enfance de l'humanité, se font jour, peu à peu, et éclateront, en gerbes lumineuses, au temps prédit par moi !... à moins !...

Fermons la parenthèse.

* *

Nous voici au XXe siècle. Des questions brûlantes fusent et vont éclater. Le XIXe siècle est déjà loin de nous. Les têtes couronnées cherchent ; les vagabonds

II

cherchent, et tout le monde cherche ; et, rois et vagabonds et tout le monde ne trouvent point.

C'est aux devins de l'antiquité qui se perpétuent dans tous les temps ; c'est aux pythonisses et aux bardes ; c'est aux poètes, devins ; c'est aux auteurs dramatiques et aux prosateurs, vraiment dignes de ce nom, qu'incombe le devoir d'indiquer à tous ces gens affolés le chemin à suivre, la voie à tracer, la route à laquelle il faut aller.

Les scènes de la vie sont très longues ; elles durent des années avant de se résoudre en un dénoûment fatal. On dirait que l'homme est immortel : mais c'est l'Humanité qui est immortelle dans la cohabitation des astres, à un certain moment ; et le théâtre est un raccourci de la vie terrestre : tout s'y passe dans trois heures.

C'est en cela que le dramaturge prime sur tous les autres créateurs de l'esprit humain : il retrace comme à vol d'oiseau l'épopée ou l'aventure. Il fait tenir, dans une soirée, une époque ou un instant ; un règne ou un fait. C'est l'art qui passionne le plus ; où chacun s'y reconnaît ou reconnaît son semblable. Comme à Athènes, comme à Rome, à Paris, à Berlin, on accourt dès que le spectacle commence, mais à cette différence qu'à Rome et surtout qu'à Athènes, le peuple y puisait de profonds enseignements et de salutaires leçons. C'est ainsi que je le voudrais à Paris, comme le dit Mortays dans ma deuxième tragédie domestique, en citant les paroles de son ami, le grand poète dramatique Salvagne, parlant du théâtre : On divertissait la populace naguère, il faut instruire le peuple à présent.

Les peintres, les sculpteurs, les musiciens, les philosophes, les chimistes, les physiciens, les inventeurs de choses physiques ou morales, les législateurs, etc., ne deviennent des génies qu'en apprenant leur métier, enseignés par d'autres : ils ont besoin de devanciers et de professeurs... de maîtres. Tandis que le prosateur et surtout le poète naît prosateur et surtout poète, comme les mathématiciens naissent mathématiciens, tels que Pascal, Inaudi, etc. ; mais le mathématicien, tout en constatant qu'il ne doit sa supériorité sur les cerveaux humains qu'à lui seul : il a été créé mathématicien ; mais, pour tout dire, la science des nombres intéresse moins, beaucoup moins les hommes, que les productions des génies comme Homère et Victor Hugo. Ils sont cités comme phénomènes : or, il n'est pas un homme qui ose dire que Gœthe, que Dante, que Cervantès, que Rabelais, etc., n'a été qu'un phénomène ; parce que, sans avoir appris, étant à l'âge d'homme fait, il a commis des chefs-d'œuvre d'inspiration ou de remarque humaine ; a perpétré des ouvrages dignes de l'admiration de tous.

Ainsi, Homère est plus fort que Raphaël ; Shakespeare que Newton ; Victor

*Hugo que Berthelot… et savez-vous pourquoi ? C'est que Raphaël, tout Raphaël qu'il soit, est un peintre. Or, la peinture est un art ; et qui dit art, dit dépendant de la source sublime qu'est l'Humanité. Tandis qu'*Homère *c'est l'*Humanité *même, dans toutes ses fonctions, dans toutes ses passions, dans tous ses dévouements :* Homère *est peintre sous toutes les formes multiples de dessin, de couleur, d'expression, d'attitudes, de costumes, de paysages, de mobiliers, d'architecture ; et, qui plus est, de la Vie, dans tout ce qu'elle a de plus subtil et de plus grossier. Dans le souffle de l'air ; dans le chant des oiseaux ; dans le bruissement des feuilles et dans le murmure de l'eau ; et qui, plus est, dans toutes les passions des hommes : dans les exubérances de l'amour, de la colère, de la haine, de la sublimité maternelle et filiale et conjugale. Et puis, Homère, comme tous les grands génies poètes, épouse le langage de ses personnages, il les fait parler eux-mêmes.*

Et puis, Raphaël, Michel-Ange, etc., tout le monde, tous les humains, n'ont pas devant les yeux leurs œuvres ou n'en ont que de très faibles copies ; tandis que Shakespeare et Hugo, dans tout coin ignoré de la terre, représentés d'une façon pitoyable ou toute primitive, iront au cœur, à l'esprit des hommes et feront couler des larmes ou donneront à réfléchir : la pensée va partout.

C'est le poste que j'ambitionne, de parler aux humains de choses humaines, selon la belle pensée de Térence : Homo sum, et nihil humani a me alienum puto ; *aux peuples civilisés, de l'avenir des civilisations. Ma formule, c'est la vie. C'est pourquoi je suis parti en guerre contre les bourgeois-snobs, qui font du négoce ou qui ne font rien, tandis que le peuple, l'ouvrier, l'homme de travail intelligent ou terre-à-terre, poussé par la vie de tous les jours ou porté d'apprendre deux ou trois métiers, prend là l'exemple d'étudier tout ce qu'il peut concevoir. Il connaît le fer, la pierre, le bois, la vapeur, l'électricité ; a suivi, dans son jeune temps, les cours du soir — au lieu d'aller au Lycée ou Collège pour apprendre le grec et le latin — il est digne de comprendre les chefs-d'œuvre dramatiques et de lire* les Misérables *et le* Quatre-vingt-treize *de Victor Hugo et toute la* petite bibliothèque bleue *reproduisant les œuvres de tous les grands génies de l'humanité.*

*
* *

Enfin, au point de vue littéraire, dramatique, théâtral et scénique, je renverrai à la préface de Lastera *et j'ajouterai ceci :*

Lastera est une pièce, qui met en scène des bourgeois ; qui ont fait des études dans un Lycée, ce qui regarde Aubert, Georges, Marthe et le docteur. Quant à Laurence, elle a passé ses examens de fin d'études et a été promulguée — le mot n'est pas de trop — institutrice ; et, pour Lastera, en personne, il s'est appris tout seul ; et c'est le moyen de savoir quelque chose, si on est intelligent... et il l'est, je vous prie de me croire.

Donc, tous, parlent un langage courant ; et il y a nul effort à mettre le vers — véhément, passionné ou typique — dans la bouche de ces personnages, habitués à ne voir les choses qu'à travers le prisme de leur éducation.

Il n'en est pas autant pour Mortays-d'Avrignie.

Je fais exception pour le comte Ignace, élevé par les Jésuites, et qui profère, à son corps défendant, certains mots, certain jargon, que pour en faire sentir à son élève, à son neveu, la bassesse où il est tombé. Mortays, lui, est tout lui, *en dehors de la scène dont il a, parfois, les tournures de phrase ; et Salvagne, dans l'intimité, se déboutonne, comme on dit, et, à part le dernier acte, où, pour rendre du courage à Mortays — en partant de l'invocation à Polymnie jusqu'aux tracasseries de la vie de Paris, pour qui n'en a pas l'habitude — au hasard de la conversation, il lui fait un portrait de Paris en six lignes.*

*L'action se passe dans un hôtel borgne... dit mal le comte Ignace... mais, du moins... louche, tenu par une tenancière ou gérante ou concierge — on n'a pas pu savoir — qui parle moins la langue des Poètes — dont elle ne se doute pas le moins du monde : langue et Poètes — que la langue réputée verte... qui n'a point encore mûri... et les deux jeunes filles : soit Bethly, Canadienne et malade ; et sa sœur, M*ᶫˡᵉ *Anne, bien portante, mais Canadienne aussi. Aussi, pour M*ᵐᵉ *Hocken, de la pire* prose — *quant à l'expression — mais versifiée, quant à la facture (j'ai voulu jongler avec la difficulté, bien plus grande que dans* Lastera *— mais ceci ne regarde que moi et les Poètes-auteurs dramatiques, qui voudront faire de la tragédie domestique. Revoir pour la deuxième fois la préface de* Lastera*). Pour M*ᶫˡᵉ *Anne, elle ne dit des vers qu'à la fin de la pièce, parce que le moment est bien choisi pour surélever le langage par le sentiment qu'elle ressent... et pour Bethly... c'est un monologue discret, secret : c'est comme une inspiration de l'âme de cette jeune femme regrettant sa patrie... et la regrettant, à elle seule... sans témoin.*

* * *

Lastera *et* Mortays-d'Avrignie *sont moitié* prose versifiée *et moitié* vers. *Pour* les Terrien, *j'ai suivi, encore, plus étroitement* Shakespeare : prose et vers.

J'ai déjà dit, dans cette préface, que ma pièce actuelle, ayant la forme du vers, chantant, multicolore et radieux, allait bien à ces deux âmes, surtout Sosthène, quand la force d'impulsion fait jaillir le chant, la couleur, le rayonnement du vocable le plus parfait qui existe, pour traduire, bien faiblement, l'exode des sentiments violents de l'amour de l'humanité ; sauf, pour ce qui regarde le langage courant élevé, en prose versifiée, et me souvenant, lors de l'élaboration de mon œuvre, que j'avais affaire à des gens instruits, analogues aux personnages de Lastera, je les ai fait parler en prose versifiée, et, pour la partie politique et terre-à-terre, en simple prose... de bourgeois.

Ce Sosthène Terrien — dit le Beau Démosthène — est, à vrai dire — un utopiste, un rêveur, qui plane au-dessus des nuages ; qui pense comme un demi-dieu ou comme un dieu tout à fait ; au lieu que Libertat est un homme — rien qu'un homme, mais un honnête homme. Libertat représente l'homme intelligent et probe, de tous les temps, qui attend un avenir meilleur, sans les secousses que rêve Sosthène, qui a pour objectif la grande Humanité dans le plus parfait des temps ; l'un est un sage philanthrope et l'autre un géocratiste équitable. Ils ont pour comparses : le maire de Terreville, qui est, sans cesse, le pouvoir administratif ; Maître Cacherat, un bourgeois de l'avant-garde, progressiste — ils sont si rares, ces bourgeois-là ! — et le premier clerc, le bourgeois de l'arrière-garde, arriéré. La Louise est la fille-mère, souffre-douleur de la société actuelle ; les rentiers Troussaint, qui sont les parvenus dans toutes les classes, se montrant sourds aux doléances des gens qu'ils croient au-dessous d'eux.

Pauvres gens, les rentiers Troussaint... et consorts !... Jean-Pierre, le conservateur ; et la Mariotte, la propriétaire : les amoureux ; ils ne songent qu'à l'amour : le rut et l'intérêt. C'est bien de leur âge et de leur condition. Et Tricard, le tricheur ; et la Niaise, l'écaillottée ; et Sigismond, le snob français, qui a été fait pendant le siège de Paris — où l'anémie physique se mêlait à l'anémie morale de la fin de cet Empire monstrueux — pris parmi les défauts inhérents à la nature humaine ; et, enfin, pour finir, pour couronner par une apothéose du vice, de la méchanceté, de l'immoralité, de la fausseté, etc., etc., la repoussante figure, la hideuse entité, la géniale ordure : la Rebourse.

Comme Sosthène est le fleuron de l'humanité, la Rebourse est la stercoraire, le brenneuse, la cacodilâtre fleuraison des siècles passés... et qui dureront encore longtemps... longtemps... longtemps !... à moins !... Quant au reste des personnages : ils sont terre-à-terre — c'est bien le cas de le dire — qu'ils vivent en Normandie ou Kamtchatka ; qu'ils soient originaires de France, d'Allemagne, de Chine ou du Pérou : ils sont tous le même : ils sont cachottiers et rancuniers, ainsi que M. Le Mesnel le dit ; et le mouvement commencera par les villes et la campagne le suivra... le... suivra... peut-être !...

*
* *

Voici le libellé, le scenario de mes trois tragédies domestiques : Lastera. — Mortays-d'Avrignie. — Les Terrien, de père en fils.

Voyons d'abord Lastera — Le Cerveau — *trois actes et un épilogue.*

Un homme bon est trompé par sa femme et le fils d'un sien ami ; il chasse le jeune homme sous le couvert d'un voyage duquel celui-ci ne reviendra pas. L'adolescent feint de partir et revient pour enlever la femme qu'il aime. Le mari survient et tue l'amant de sa femme et le fiancé de sa fille, qu'il a pris — sans doute — pour un voleur, dit-il. Et l'homme bon laisse pour héritiers sa femme et son caissier, qui est le DEUS EX MACHINA de la pièce, qui a pour sur-titre : LE CERVEAU, et pour titre : LASTERA, protagoniste de l'œuvre.

Puis, ensuite, Mortays-d'Avrignie — Les Nerfs — *trois actes.*

Un acteur, d'un réel talent, vient jouer, à Paris, certain drame, sous un nom d'emprunt. Tout lui sourit, hormis un oncle à lui, qui, affublé d'une fausse barbe, vient dans l'hôtel qu'il habite ; se fait reconnaître et adjure son neveu de quitter la France à l'instant, parce que le soir il compromettra son nom de noble et de chrétien en paraissant sur les planches. L'autre refuse et finalement croit étrangler son oncle qui, à son insu, venait pour l'assassiner, ne pouvant pas le dissuader de jouer. Le sur-titre est : LES NERFS, et le titre est : MORTAYS-D'AVRIGNIE, qui sont les noms de l'acteur.

Enfin, Les Terrien, de père en fils — La Sueur — *un prologue et trois actes.*

Un philanthrope-socialiste, né en province, arrive de Paris dans cette province avec un plan de communisme et rencontre, dès le début, un mauvais vouloir systématique chez ses compatriotes ; et, comme il s'est retiré de la vie politique qu'il menait à Paris, ses coreligionnaires ne veulent plus de lui. Alors, écœuré des lâchetés des hommes, mais confiant dans son amour de l'humanité, il laisse, à sa place, un être bon, qui le comprend, et se tue. La rubrique porte le titre : LA SUEUR, et le sous-titre, qui est le titre de la pièce, est : LES TERRIEN, DE PÈRE EN FILS.

Sur lesquels personnages plane la fatalité ? *Il y a les trois unités de la tragédie héroïque :* Unité de temps, de lieu et d'action.

L'action se passe, dans les trois actes, durant la journée. Il y a un prologue ou un épilogue, dans l'année révolue, *se reliant à l'action, dans un même décor.*

Quoi qu'il en soit, j'ai écrit ces trois œuvres dans une forme nouvelle *appropriée aux personnages.*

Les vers du commencement du troisième acte, à partir de :

        Dans la plaine, les bœufs, dès longtemps, *etc.,*

sont pour être déclamés au théâtre et lus dans le recueillement chez soi. Ils ne sont pas faits d'hier. Cela date du 15 mars 1869. J'avais vingt-deux ans. C'était la préface du Soc, *revue bimensuelle, qui ne vécut que deux numéros. C'était à la fin de l'Empire, et il y avait bien longtemps que bouillonnait, dans mon cerveau et dans mes veines, la religion de l'humanité.*

J'étais socialiste, et communiste, et géocratiste équitable. Je le suis encore ; et plus que jamais, en ce moment. Seulement, je vis seul, avec moi-même, et je m'efforce de répandre la bonne parole *dans mes écrits.*

J'ai été assez heureux — et je m'en fais gloire — de venir, pour ma faible part, en aide à Monsieur le président Magnaud, le bon juge de Château-Thierry, pour sa loi de Pardon. J'ai réuni plus de trois mille signatures *pendant les trois représentations, les 21, 22 et 23 décembre 1900, au Nouveau-Théâtre, de ma tragédie domestique,* Mortays-d'Avrignie. *Ces listes ont été données à M. Emile Morlot, député de l'Aisne, pour être déposées à la Chambre le lundi 18 novembre 1901, et ma pièce a été distribuée aux députés ce même jour-là.*

J'ai fait mon devoir d'honnête homme : que chacun en fasse autant. Ce n'est pas pour m'enorgueillir, c'est pour encourager les poètes et prosateurs, auteurs dramatiques, à me suivre dans cette voie-là. Les souffrances, les besoins nutritifs, de bien-être et intellectuels, du plus grand nombre, ne valent-ils pas les peines de cœur de n'importe quelle marquise ?... de sac, de n'importe quel boursicotier ?

* *
*

Il y a, à la fin de Lastera, *dit par Lastera lui-même, le programme que je me suis imposé.*

Ce programme, le voici :

Et c'est la prime auguste

due à L'HOMME qui livre, au TRAVAIL INCESSANT,

sa cervelle *ou ses* nerfs ; *sa* sueur *ou son* sang.

Il ne me reste plus, pour accomplir ma tâche, ma quadrilogie, qu'à faire Le Sang. *J'aurai ainsi mené à bout mon devoir d'honnête homme, de bon citoyen et de poète-auteur dramatique ; et, au point de vue moral et de géocratisme équitable, je m'efforcerai de mériter l'épitaphe prophétique, à tous les degrés, que prononce Libertat dans* Les Terrien, *de père en fils, à la mort de Sosthène, mon héros :*

Il fut un de ceux-là, qui, sûrs de l'avenir,

uniront les troupeaux, à force de hennir.

JEAN-JACQUES MAGNE.

Le 15 février 1902.

LA SUEUR

—

Et c'est la prime auguste
due à l'homme *qui livre, au* travail incessant,
sa cervelle *ou ses* nerfs ; *sa* sueur *ou son* sang.

(Lastera).

—

LES TERRIEN, DE PÈRE EN FILS

TRAGÉDIE DOMESTIQUE EN TROIS ACTES ET UN PROLOGUE

INSPIRÉE

PAR LES PROJETS DE LOIS

DE SUBSISTANCE ET DE VOTE DES DEUX SEXES RESTREINT

—

PROLOGUE

—

1902

AU SUBLIME AUTEUR

« DE LA NATURE DES CHOSES »

AU PROFOND PHILOSOPHE MATÉRIALISTE ET ATHÉE

ET

AU GRAND DÉSABUSÉ

LUCRÈCE

POÈTE LATIN

JE DÉDIE CETTE TRAGÉDIE DOMESTIQUE

COMME PARFAIT MODÈLE

DE MON HÉROS.

SON FIER ADEPTE,

VENU DIX-NEUF CENT DEUX ANS

APRÈS LUI.

Jean - Jacques Magne

Paris, 1902.

NOTES DE L'AUTEUR

Les caractères typographiques, dans cette pièce, sont ceux de la présente note, pour marquer la prose, à la représentation; si représentation il y a... dans un temps indéterminé!

Les caractères typographiques, dans cette pièce, sont ceux de la présente note, pour marquer les vers, à la représentation; si représentation, etc., etc.

Les caractères typographiques, dans cette pièce, sont ceux de la présente note, pour marquer la prose versifiée, à la représentation; si, etc.

Les caractères typographiques, dans cette pièce, sont ceux de la présente note, pour marquer les passages qui ne doivent pas être dits sur la scène.

PRINCIPES DE LA TRAGÉDIE DOMESTIQUE

Plus la pensée est véhémente, passionnée ou typique; plus le vers sera complet et rythmé; plus la rime s'élancera riche, sonore, inattendue, colorée : LES VERS.

Plus la pensée sera ordinaire, vulgaire ou familière; plus le vers sera terne, prosaïque et furtif; plus la rime se cachera sourde, effacée et comme honteuse : LA PROSE.

(Préface de Lastera.)

La prose, comme M. Jourdain en faisait, est dévolue aux personnages dont les sentiments ne méritent pas autre chose ; excepté Me Cacherat, notaire.

(Note de l'auteur.)

PERSONNAGES

L'action se passe en 1901-1902. Le prologue est du 12 octobre, et les trois actes du 28 juillet de l'année suivante.

L'action a lieu dans la ferme des Terrien. A droite, une maison recouverte de chaume, à un étage, avec cinq fenêtres au premier ; commandant une propriété de rapport, complantée de pommiers, etc.

Cette ferme est située dans la commune de Terreville, canton d'Avrignie, département de l'Eure (Normandie).

Le prologue se passe neuf mois avant l'action.

Pour le prologue, il est quinze heures et demie de l'après-midi. De la maison, la vue s'étend, au loin, sur des champs cultivés et sur des pommiers. Sur la scène, une table mobile, près de la maison. Des tentures mortuaires sont apposées à la porte d'entrée, qui est au milieu de la façade.

PROLOGUE

SCÈNE PREMIÈRE

La NIAISE et TRICARD

(La Niaise est en train de se coiffer devant une glace ronde à mettre dans la poche, et Tricard, à part, assis sur une pierre, compte et recompte de la monnaie.)

TRICARD (A voix basse.)

... Vingt-et-six... vingt-et-chept... vingt-et-huit... vingt-et-neuf... et... trent'. Cha fait trois chent trent' aveuc les quarante francs, en jaunets, qu'j'ons chippai dans la cachemaille du défunt, cha fait trois chent cheptante... Ch'est peu... ch'est beaucoup peu. (Se levant, haut.) Mais j'espérons itou t'être sur la marche d's'on testament, à ce note pâour cher maître.

LA NIAISE (Se mirant.)

Et mé, itou. T'en souviens-t'en, mon petiot Gannel, avant la mort de maîtr' Terrien, qu'i' a été un jouau d'janvier dernier, à Avrignie, dans l' pé d' Caux, trouvaie le Lorillon le notaie, en son vivant, i' apportet ses papiers. Titais d'aveuc li ; chétait le temps où j' causions d'amour, sans ren... ren d' pus, toutes les deux.

TRICARD

Oui. Cha me révient comm' si chétait hier. A preuve qu' l' soi', en revenant, en caousant, j' t' disions : si j'avions était mouche pour écoutâ c' qu'ont dit l' maîtr' d'aveuc le Lorillon, je nerrais appris d' bell'. Mais laisse-moi comptée notr' petiot magot. (Il se rasseoit.)

LA NIAISE

Compte... compte et qu' cha fache d's petiots... pour allère habitère Paris ; m'altifère en grande dame... au lieu de vivre en souillaude. Va fallait qu' j' questionnons le bissacquier, com' dit la Rebourse, de M'sieu Sosthène, qui revient d' Paris... Est-c' qu'i' est marié, le monsieu ?

TRICARD

Il est veuve. Va fallait, itou, qu' j' m' mettions bé d'aveuc li, jarnideu !...

LA NIAISE (Remettant la glace dans sa poche et s'avançant vers Tricard.)

Cha n'sra pas difficultueux d'aveuc ta sainte nitouche d' trombine, mon petiot Gannel. (Elle l'embrasse. Ils se bécottent, elle sur ses genoux, à lui ; quand le [bruit des grelots les tire de leur effusion.) Ah !... (Ils se lèvent.)

TRICARD (Regardant au loin.)

Ch'est le Cacherat, nouvel notaire, aveuc M'sieu Le Mesnel, el permier clerc.

LA NIAISE

I viennent pour les papiée d' not défunt.

LA VOIX DE LE MESNEL

Hola... Quelqu'un pour prendre soin du cheval... Tricard ?

TRICARD (Criant.)

Bonjour, Maîtr' Cacherat... M'sieu Le Mesnel, bonjour... J'y allons. (Il sort, pendant que la Niaise consulte une deuxième fois sa glace.)

SCÈNE II

La Niaise et Maître CACHERAT

Mᵉ CACHERAT

Oh ! la petiote coquette !

LA NIAISE

Vot' servant', Maît' Cacherat. (Elle lui fait la révérence comme dans l'ancien temps, en le regardant bien en face.)

Mᵉ CACHERAT

La jolie petite frimousse. (Il lui caresse le menton, ayant regardé si on ne le voyait pas. Elle le laisse faire.)

LA NIAISE

Oh ! M'sieu... Oh ! Maît' Cacherat.

Mᵉ CACHERAT (Reprenant ses distances.)

Nous venons pour lire le testament.

LA NIAISE

Itou, toutes à l'enterrement.

SCÈNE III

LES MÊMES, PLUS M. LE MESNEL

LA NIAISE

Bonjour, M'sieu Le Mesnel. (Elle esquisse une révérence, en baissant la tête de côté.)

LE MESNEL

Bonjour, la petiote Niaise.

Me CACHERAT (A Le Mesnel.)

Tous à l'enterrement. (A la Niaise.) Eh bien ! nous les attendrons.

LE MESNEL

Servez-nous donc à boire... pas de la boisson... du cidre, et du bon... de derrière les fagots. (La Niaise sort en faisant sa révérence.)

SCÈNE IV

Me CACHERAT ET M. LE MESNEL

Me CACHERAT (La regardant s'en aller.)

Elle est tout plein gentille avec ses révérentes croupettes, comme on dit ici.

LE MESNEL

Elle fera son petit chemin.

Me CACHERAT

Et même son grand... Il lui arrivera de glisser, en arrière..., en les faisant.

LE MESNEL (Il chante, à voix basse, en riant.)

Il est moins dangereux de glisser sur la glace
Que de glisser sur le gazon.

Ainsi que M. Scribe l'a dit.

Me CACHERAT

Et beaucoup d'autres... encore.

SCÈNE V

LES MÊMES, PLUS LA NIAISE

LA NIAISE (Elle porte des verres et une bouteille.)

V'là.

Mᵉ CACHERAT

Quel âge avez-vous ?

LA NIAISE

J'crais que j'ais eu dix-sept ans à la Sᵗ-Magloire.

Mᵉ CACHERAT

Et quand tombe la Sᵗ-Magloire ?

LA NIAISE

Dans dououze jours, pour vô servi. (Elle fait sa révérence.)

Mᵉ CACHERAT (Riant.)

Ah ! ah ! elle est bien bonne, celle-là.

LE MESNEL (Scandalisé.)

Oh !... Maître Cacherat. (A la Niaise.) Isse ! isse ! petite Niaise... on t'a bien nommée... Isse ! (Elle rentre confuse dans la maison.)

SCÈNE VI

Mᵉ CACHERAT ᴇᴛ LE MESNEL

LE MESNEL (A Mᵉ Cacherat.)

Je vous demande pardon, mais j'ai cru vous faire remarquer que nous sommes dans la maison d'un mort. (Lui montrant les draperies.)

Mᵉ CACHERAT

Je vous remercie. (Il lui serre la main.) Ça ne m'arrivera plus.

LE MESNEL (Il débouche la bouteille.)

Il n'y a pas de mal... toutes ces valets de ferme et toutes ces filles de Sertes ne valent pas le diable. A votre santé.

Mᵉ CACHERAT

A la vôtre. (Ils boivent.)

LE MESNEL

Pourri bon, comme disent nos paysans... les peseux, comme nous les appelons, nous, gens de la ville.

Mᵉ CACHERAT

Il pétille comme du champagne.

LE MESNEL (Mettant les coudes sur la table.)

... Et le Démosthène... autrement dit M. Sosthène... frère du mort... a dû venir.
(Il retire ses coudes.)

Me CACHERAT

Oui. Je lui ai écrit et il m'a télégraphié, hier au soir, qu'il serait à l'enterrement.

LE MESNEL

Quel homme est-ce, vous qui le connaissiez à Paris, que vous avez quitté il y a un mois... à peine?

Me CACHERAT

Je l'ai connu, il y a trois ou quatre ans. C'était un beau parleur ; mais sans prétention, sans recherches ; allant à l'âme et à la raison... et à l'esprit des foules ; se hissant jusqu'à l'éloquence quand il parle de l'humanité. Les hommes ne sont rien, dit-il, ou presque rien : l'homme est tout. Quand l'Etre humain apparut, issu des animaux qui l'avaient précédé...

LE MESNEL

Oh! oh!... issu!... Il niait donc la création de l'homme?...

Me CACHERAT

Oui. Quand l'Etre humain apparut, il participa... et il participe encore... et pour longtemps... et à sa basse et brute extraction... mais qui va, sans cesse, en s'améliorant, en se bonifiant... et qui résumera toutes les qualités humaines : il sera souverainement bon ; souverainement juste ; souverainement intelligent. Toutes les imperfections, tous les défauts inhérents à la nature humaine disparaîtront.

LE MESNEL

Hum!... Hum!...

Me CACHERAT

L'humanité !... La déesse Humanité, disait-il bien souvent, est comme une femme qui, depuis quatre cent mille ans, étant voilée et revêtue de guenilles sordides, depuis les pieds jusqu'à la tête, laisse tomber, de siècle en siècle, ses repoussants haillons, et, finalement, se dévoilera, à la fin du monde terrestre, en apparition divinement belle, physiquement et moralement. Voilà ce qu'il disait dans les réunions publiques à la salle « *La Vérité* ».

LE MESNEL (Il verse à boire.)

Je regarde qu'il y a beaucoup de rêvasseries là-dedans. Toutes les jours il se commet des crimes atroces, qui ne le cèdent en rien à l'antiquité la plus reculée. Nous avons des guerres comme autrefois. Le monde n'est pas meilleur, tant s'en faut. On était, de mon jeune temps — pour ne parler que de ce que j'ai vu — plus honnête, plus probe. Quand on avait réalisé une trentaine de mille francs, au plus, on se retirait ; on cédait sa place à d'autres. C'était le temps où les jeunes filles étaient vêtues de jupes d'organdi ou de guingand, avec des mantelets ornés de franges et de chapeaux à la Paméla... à présent... (Il boit.)

Mᵉ CACHERAT

A présent, on apprend les crimes par tous les journaux... de tout l'Univers ; tandis qu'autrefois on ne voyait le soleil que par un trou. Maintenant, on téléphone ; on est éclairé à l'électricité ; on voyage par la vapeur et par les automobiles à l'alcool ; on vit mieux et plus longtemps. Je sais bien qu'il y a un chancre rongeur... qui est le luxe... du plus petit au plus grand... Mais ça se déplacera... ça se déplacera...

LE MESNEL (Se renversant.)

Alors, pour en revenir à notre discoureur... on le dit communard... voire même... anarchiste ?...

Mᵉ CACHERAT

Il y a du faux là-dedans... et il y a du juste. J'ai appris qu'il avait combattu, à Paris, pour la Commune ; mais il y a fort longtemps de ça. Quant à l'anarchie, il réprouve la propagande par le fait. Il dit que ce n'est pas en assassinant les rois, les reines ou les chefs du pouvoir... surtout, les présidents de République... qu'on aménera des réformes. On devrait, à ces fous-là, taire leur nom, comme le fanatique qui brûla la bibliothèque d'Alexandrie pour perpétuer le sien. Ils ont la folie de l'orgueil : « On parlera de moi ! » Ce sont de pauvres aliénés... dangereux et inguérissables... disait-il.

LE MESNEL

Là, il dit vrai.

Mᵉ CACHERAT

Et on n'amène, bien au contraire, au lieu de réformes en avant, que de violentes représailles... en arrière.

LE MESNEL

Et quant au moral ? au genre de vie ?

Mᵉ CACHERAT

Bon ; honnête ; ne ferait pas de mal à personne ; mais entiché dans ses idées de révolutionnaire, et qui, pour leur triomphe, se ferait couper en quatre. Bon ouvrier bijoutier... et il travaille encore. Il a refusé des quantités de fois d'être conseiller municipal de Paris, ou de devenir député. Il dit que chacun, dans sa sphère, en ne négligeant pas son travail, peut apporter son contingent à la rénovation sociale. Il n'a même pas voulu être président de son cercle socialiste. Il n'est d'aucun... d'aucun clan...

LE MESNEL

Il s'est marié et a perdu sa femme, il y a quelque temps.

Mᵉ CACHERAT

Oui, mais il vit seul depuis son veuvage. Etudiant tout...

LE MESNEL (L'interrompant.)

Sa défunte femme lui a laissé une somme assez rondelette. J'ai appris ça de votre prédécesseur, qui l'apprit même de défunt, son pauvre frère, qui ne le voyait pas, pour la chose de ses opinions.

Mᵉ CACHERAT

Il lui laisse quelque chose, puisque son nom était sur la liste faite par le défunt.

LE MESNEL

Qui sait ?... qui sait ?... Le paysan Normand est cachottier et rancunier... et il a voulu, sans doute, lui jouer un bon... ou mauvais tour de sa façon. (L'horloge sonne trois quarts.) J'entends sonner le quart, moins de quatre heures. Quelle heure faites-vous ?

Mᵉ CACHERAT (Consultant sa montre.)

L'horloge va bien.

LE MESNEL

Moi, je fais, à peu près, trois et demie. Je retarde d'un bon quart d'heure.

Mᵉ CACHERAT (A part.)

... Et d'au moins soixante ans. (Haut.) Ah ! voilà nos gens !

SCÈNE VII

LES MÊMES, PLUS SOSTHÈNE, JEAN-PIERRE, LA REBOURSE (Qui porte des lunettes), MARIOTTE ET DES VOISINS. TRICARD ET LA NIAISE (Sortant des chaises pour tout le monde.)

LE MESNEL

Bonjour, les Terrien ; vous venez d'accompagner à sa dernière demeure un homme de bien. (Montrant Mᵉ Cacherat.) Voici Mᵉ Cacherat, notaire, en remplacement de Mᵉ Lorillon, décédé. Il vient vous lire les dernières volontés du défunt. (Il présente les personnes qu'il nomme.) D'abord, Mᵐᵉ veuve Rebourse Terrien (Elle salue en pleurant), veuve du mort ; M. Sosthène Terrien, son frère, habitant Paris.

Mᵉ CACHERAT

Je vous connais de longue date, Monsieur Sosthène, de réputation et de vue... et d'ouïe. J'ai assisté, bien des fois, à vos chauds discours philanthropiques et humanitaires ; et à vos ovations... unanimes.

SOSTHÈNE

Je suis confus de votre appréciation bienveillante... quoique un peu... enthousiaste. Vous appartenez à la classe des bourgeois de l'avant-gard...

LE MESNEL (L'interrompant.)

M. Jean-Pierre Terrien, neveu et filleul du mort, et Mˡˡᵉ Mariotte Herpin, fille d'un premier lit de Mᵐᵉ Rebourse Terrien, ici présente. V'là.

SOSTHÈNE (Prenant Le Mesnel à part.)

Quand on parle, la politesse commande de ne pas interrompre celui qui a la parole. (Le singeant.) V'là.

Mᵉ CACHERAT

Comme c'est samedi, et que j'allais, de ce pas, à ma campagne, tout près d'ici, je me suis dit : je choisirai le retour de l'enterrement pour lire le testament du défunt..., homme de bien... homme digne et charitable...

SOSTHÈNE

... dont j'ai gardé un souvenir respectueux et filial — quoique nous fussions frères — mais, lui, étant plus âgé de seize ans, avait pris en main la gouverne de la famille, à la mort de mon père. Quoique ne nous voyant pas depuis de longues années à cause des distances... et des opinions, je lui suis très reconnaissant de m'avoir élevé jusqu'à ma majorité.

LE MESNEL (A part.)

Tu ne diras pas ça tout à l'heure.

Mᵉ CACHERAT

A présent que je vais lire le testament aux co-intéressés, que ceux que M. Le Mesnel ne m'a pas présentés, se retirent.

TRICARD (A part.)

Ah ! jarnideu, va fallait d'même itou qu'j'écoutions. (Il rentre dans la maison.)

LA NIAISE (Regardant par la fenêtre du premier.)

Ah ! ma faie, eh ben, tant pire. J'n'sommes pas en bas. (Tous les étrangers partent en serrant la main et en embrassant les parents, excepté Sosthène, qui se tient à l'écart.)

SCÈNE VIII

Mᵉ CACHERAT, LE MESNEL, SOSTHÈNE, LA REBOURSE, JEAN-PIERRE ET MARIOTTE (Tous s'asseyent.)

Mᵉ CACHERAT (Il sort de sa poche le testament.)

J'ai fait décacheter, ainsi que le veut la loi, ce testament olographe, par le président du tribunal de Pont-Audemer, et voici la suscription de cette enveloppe : « *Ceci est mon testament fait en forme olographe, le 18 janvier 1901, au champ des Terrien, à Terreville.* » Signé : *Pierre Terrien.* Elle a été cachetée avec l'empreinte appartenant à la famille Terrien, de père en fils. (Il tire de l'enveloppe un papier et lit.) « *Je lègue, en bon chrétien ; en époux qui oublie tout ; en frère qui pardonne ; en oncle pas regardant et en beau-père généreux : la totalité de mes biens : maison, terrain et argent, en propriété indivise et sans partage, 1º à ma femme Rebourse Terrien, veuve Herpin ; 2º à mon frère, Sosthène Terrien, dit le Beau Démosthène, à Paris ; 3º à mon neveu et filleul, Jean-Pierre Terrien ; et 4º à ma belle-fille, Mariotte Herpin, fille d'un premier lit de ma femme. Afin qu'ils vivent unis, fraternellement et amicalement, à leur charge d'habiter* constamment (souligné) *le logis et le champ des Terrien, voulant que la propriété qui m'a été laissée par mon père, Jacques-Pierre Terrien, ne quitte pas notre famille. Si quelqu'un contrevenait à cette obligation, il serait déchu de ses droits d'héritier. En foi de quoi, je signe : Pierre Terrien. Fait en forme olographe, le 18 janvier 1901, à Terreville, canton d'Avrignie, dans le champ des Terrien (Eure).*»

(Moment de silence.)

Le défunt a fait là plus qu'un bon testament ; il a fait un acte méritoire à tous les degrés. S'inspirant des sentiments du Christ, il a voulu accorder son pardon à tous ceux qui l'avaient touché de près, et en vous recommandant de vivre en bonne fraternité en souvenir de lui et de l'esprit de justice qui a guidé son acte. Je vous souhaite à tous, pour ma part, une longue vie en parfaite intelligence.

v

LA REBOURSE (Se levant.)

Jarnideu ! va fallait voière et savoière par les tribunaux si le testament est viable,
oui ou non. Et si j'allons vivre une éternité, sous le même chaaume, aveuc ma
garse, qui ne lui était ren de ren ; aveuc le Jean-Pierre, qui l'a fait bougonner
bigrement, et aveuc son bissacquier de frère, qui l'avait maudite.

(Ils se lèvent tous.)

SOSTHÈNE (Il s'avance vers elle.)

Bissacquier !... Bissacquier !...

LA REBOURSE (Se plaçant derrière le notaire.)

N'm'tocquez pas !... Horzin !...

SOSTHÈNE

Ne craignez rien. (Il revient à sa place, sur le devant de la scène.) Horzin ! l'homme du
dehors ! Bissacquier, l'homme au bissac, qui ne vient de la ville, à la campagne,
que pour le remplir de provisions. Allons donc, je ne suis pas de ceux-là ; bien s'en
faut. Je viens de la ville avec le bissac plein de bon vouloir, plein de fraternité ; qu'elle
soit du Christ ou d'à présent, peu importe : la fraternité humaine..., et aussi le bissac
plein d'argent, pour en faire profiter le paysan..., pour le bénéfice du manant, qui
était le petit propriétaire d'autrefois ; ayant son champ, ses terres à lui, à côté des
nobles et des seigneurs, qui faisaient travailler les terres, à eux, « par des serfs, des
hommes taillables et corvéables à merci » ; et c'est de là qu'est venue notre grande
et sainte Révolution, qui a bouleversé l'ancien monde et qui vous a faits — vous
tous qui m'écoutez, manants et serfs — des hommes libres et des citoyens. Eh bien,
je vous apporte, aujourd'hui, en attendant que l'Etat vous ait donné, comme aux
autres hommes, *la communauté du sol, de l'industrie et du capital ;* je vous
apporte, moi, de quoi vous mettre en commun et d'avoir droit au bonheur.

(Il leur tend les mains. Tous se détournent, excepté Mᵉ Cacherat.) Ah ! (Ils se serrent la main.)

SCÈNE IX

LES MÊMES, PLUS LIBERTAT (Vêtu de loques.)

LIBERTAT

Bonsoir la compagnie. De l'ouvrage pas trop mal faite pour un morceau de pain
et pour du coucher sur du feurre, s'il plaît à vous.

SOSTHÈNE

Mais, est-ce que je me trompe... Libertat ?...

LIBERTAT

Démosthène !... (Ils se jettent dans les bras l'un de l'autre.)

LA REBOURSE (Sans que Sosthène l'entende.)

Oh ! là, là !... Le maléficieux qu'est à pain et à pot aveuc le Bissacquier. Viens-
nous-en, Mariotte, ça sent piant. J'n'reviendrons que quand j'pourrons brûlère
du suc'. (Elle entraine sa fille vers la maison.)

Mᵉ CACHERAT (Bas, à Le Mesnel, souriant.)

Nous sommes en Normandie.

LE MESNEL (De même, ironique.)

Il va-t-y en avoir du procès sur la planche ! (A part.) Et ce sera un pain bénit.

SOSTHÈNE

Libertat, nous fonderons, à nous deux, dans le clos des Terrien, le germe,
l'embryon du règne d'harmonie et de justice entre les humains... et..

(Il prend la main de Mᵉ Cacherat et de Libertat, et dit :)

Et la sueur,
nous mettra sur le front,
au lieu de viles gemmes,
le plus beau !...
le plus digne !...
et...
doux...
des diadèmes.

RIDEAU DU PROLOGUE

ACTE PREMIER

MÊME DÉCOR

Il est neuf heures du matin. Une palissade sépare, en deux, la maison du prologue. Le côté de la scène appartient à Sosthène et à Jean-Pierre ; et celui du fond à la Rebourse et à sa fille. Une porte a été faite dans la lice. Comme la maison est séparée en deux et que cette séparation prend, à partir du sol, en passant par le milieu de la porte d'entrée du prologue, par le milieu de la fenêtre du premier étage jusqu'au toit, cette porte du prologue est condamnée et remplacée par une porte, nouvellement creusée, sur le côté-scène de la maison.

L'action se passe le 28 juillet 1902.

ACTE PREMIER

SCÈNE PREMIÈRE

JEAN-PIERRE (Seul, et regardant la palissade.)

Qui sait si all' est là ? Jarnideu !... (Il monte sur le banc adossé contre la palissade et se trouve nez à nez avec Mariotte, qui a fait, de son côté, le même raisonnement.)

TOUS LES DEUX

Ah !... (Ce cri de surprise imprévue les fait se rabaisser ; mais, le premier moment passé, ils se redressent, et après avoir scruté du regard toutes les directions, ils se mettent à rire et s'embrassent.)

JEAN-PIERRE

Alors ?

MARIOTTE

Comm' alors !

JEAN-PIERRE

D'vallons. (Il descend de son banc et ouvre une petite porte dérobée dans la lice, et par cette ouverture, Jean-Pierre d'un côté, Mariotte de l'autre, se tiennent par les mains.)

MARIOTTE

Alors ?

JEAN-PIERRE

Comm' alors !... J'ons vu la Rebourse à c' tt' heur'-ci qui s'en allait, et comm' j'sommes seu à la maison... alors... comm' alors... ma Mariotte tant aimée...

MARIOTTE

Mon Jean-Pierre !... J'savons, par ma mère, qu'all' a invité le gros Bouffard, pour à sée, à table ; et all' m'a dit qu'all' m' dirait queuque chose qui m'ferait plaisi... biaucoup plaisi.

JEAN-PIERRE

Qui qu'cha peut ben être, jarnideu !

MARIOTTE

Quand j'vas l'savez, j't' l' direz. Et t'oncle Sosthène, comment qui va ?

JEAN-PIERRE

Bé. Mais, jarnideu ! il est bé dégoutté d's gens. D'abord, ta mère, la Rebourse, qui lui fait un procès en séparation d'héritage...

MARIOTTE

Qu'all' a gagné, pardine !

JEAN-PIERRE

D'accord. Témoin ce palis, tout du long, qui nous empêche, depuis neuf mais, d' nous voir, quand nous veulons.

MARIOTTE

Et nous veulons terjou.

JEAN-PIERRE

Par heureuseté, nous avons c' tte porte, ma Mariotte.

MARIOTTE

Mon Jean-Pierre. (Ils se bécottent.)

JEAN-PIERRE

Alors ?

MARIOTTE

Comm' alors !... Et Tricard ? d' s nouvelles ?

JEAN-PIERRE

Toujou pas. I' court la pertentaine d'aveuc le magot.

MARIOTTE

Ious, qui sait, arrêté. Et la Niaise ?

JEAN-PIERRE

Ah !... en v'là ieune... délurée... en gairou... ieune écaillottée... hum !... Si j'n' t'aimions comm' j' t' aimions, all' m'aurait fait vaire trent-si candelles.

MARIOTTE (L'embrassant.)

J' t'en ferai vaire trent' huit, ou même quarant'.

JEAN-PIERRE

Ma Mariotte. (Ils s'embrassent.) Alors, à patron Jacquet, comm' j' ramassis d' s zaricots...

MARIOTTE

No n'dit pas d' s zaricots... mais ben.d'aricots... comm' on dit à Paris.

JEAN-PIERRE

Tout le monde disent d' s zaricots..., va pour d'aricots, si cha peut t'faire plaisi... et qu'cha veut dire la même chose itou, ma Mariotte. (Apercevant.) V'là m'n oncle Sosthène d'aveuc le Mire. J' l'appelons le Mire, parce qui' a guérite un' chèvre, ghie, sur le soi qui n'en menait pas large.

MARIOTTE

I' est médecin d's bêtes.

JEAN-PIERRE

I' vaterinaire, comm' no dit. Mais, j' l'appelons le Mire parce qu' ça le flatte, à câouse d's gens. Quand la Rebourse t'dira la chose, tu m'feras signe.

MARIOTTE

Mon Jean-Pierre, oui.

JEAN-PIERRE

Ma Mariotte tant aimée. (Ils se bécottent.) A la revue.

MARIOTTE

A la revoir. (Jean-Pierre referme la porte et rentre dans la maison quand Sosthène et Libertat entrent en scène, portant un sac de pommes de terre de quarantaine, Libertat tient de l'autre main un ballot de haricots. Ils déposent leur fardeau à terre ou sur la table. Ils se lavent les mains à une fontaine.)

SCÈNE II

SOSTHÈNE ET LIBERTAT

SOSTHÈNE (Tout en s'essuyant le front.)

C'est le tort qu'ont tous les faiseurs de systèmes ou de religions, de vivre aux dépens des autres. Ils font des harangues, des discours ; ils blaguent, blaguent, blaguent... et se font nipper et inviter quand vient l'heure des repas. Pour moi, je travaillais, mes dix heures par jour, à faire des bagues, des broches, etc., tout ce qui concernait mon métier d'ouvrier bijoutier. Mais, le soir venu, après la journée finie...

LIBERTAT

... était, tout entier, consacré au peuple et à ses revendications.

SOSTHÈNE

Oui. On prêchait d'exemple..., comme je prêche maintenant.

LIBERTAT

Et c'est le meilleur prône.

SOSTHÈNE

· Ah ! déjeunons. (Ils mettent sur la table le déjeuner du matin, neuf heures, et ils déjeunent, tout en causant.) Parlez-moi d'Elysée Reclus, le grand géographe anarchiste ; d'Alfred Naquet, le savant chimiste, collectiviste, sociologue et le père de la loi du divorce, qui professent ouvertement leur doctrine, dans des livres signés de leur nom...

LIBERTAT

Et cet autre, dont les jugements sont remplis d'équité et d'humanité.

SOSTHÈNE

Celui à qui j'envoyai, naguère, à propos des attaques odieuses dont, comme tout précurseur, tout réformateur, tout novateur et tout prophète, il était l'objet, les vers que voici :

> Ami, très cher, et bon frère en humanité,
> tu montes à la gloire, à la postérité,
> et ta « Loi de Pardon », à la veille d'éclore,
> sur le pas, sur le seuil de la vingtième aurore,
> resplendira, Magnaud. Mais ton œuvre n'est pas,
> pour la mener à bien, plus douce que les autres ;
> les chiens jappent, n'osant mordre. Les bons apôtres,
> par devers toi, lèvent la patte. Hélas ! hélas !
> Homère fit Zoïle, et Jésus, Barrabas !...

LIBERTAT

L'image est saisissante.

SOSTHÈNE

Et quelques autres encore. Il est vrai que ceux-là sont des hommes !... de véritables hommes ; tandis que la plupart des autres sont des girouettes...

LIBERTAT

Des moutons de Panurge.

SOSTHÈNE

Et ce qui pis est, des chenilles, au mois de mars, qui se suivent à la queue-leu-leu ; et, dès que la première, en tête, manque, les voilà désorientées, les voilà perdues. Elles s'assemblent alors, en un tas ; elles forment un meeting, un club, une chapelle, une coterie. Elles élisent un être suprême, un Dieu, un Pape, un Empereur, un Roy — avec un y grec, ce qui donne à celui-ci un air de ressemblance à Chalcas, le prêtre tricheur, dans la « Belle Hélène », d'Offenbach — un général, un président, un directeur ; ou...

Ou le moindre ʒéphyr,
la plus petite haleine,
à faire tourner la Rose des vents,
à peine.
Ce sont des chenillards et des dogmatiseurs.
Empêcheurs de danser en rond,
aux sons valseurs
de l'aigu fifre
et
du gai tambourin
la folle *et joyeuse ronde,*
en plein soleil :
Farandole *radieuse*
de l'éternelle
Humanité !...

LIBERTAT

S'ils t'entendaient.

SOSTHÈNE

Je ne les crains pas ; d'ailleurs, moi, du moins, je ne me cache pas. (Ayant fini de déjeuner.) Là, c'est fait. (Apercevant Jean-Pierre qui sort de la maison.) Ah ! Jean-Pierre, tu vas me porter ça, à la gare (Il lui désigne le sac de pommes de terre), et, sois ici, de retour, dans au plus une demi-heure, parce que je dois être rendu, à onze heures, à Avrignie.

JEAN-PIERRE

Bé, m' n oncle. (Ils l'aident à charger le sac sur ses épaules.) Merci. (Il sort par la droite.)

SOSTHÈNE (Allumant un cigare et se servant un verre de Calvados.)

Je vais à Avrignie, chez Mᵉ Cacherat, acheter ce petit lopin de terre (Il désigne la gauche, côté de la salle) aux Troussaint, qui habitent Paris ; mais qui ont cessé, pour cause d'héritage, d'être locataires de la salle « La Vérité ».

LIBERTAT

Où je te vis, pérorant, à l'époque où je te connus.

SOSTHÈNE

Oui. On m'appelait le beau Démosthène. Probablement à cause de mon prénom : Sosthène.

LIBERTAT

Et puis, à cause de ton éloquence persuasive.

SOSTHÈNE

J'ai élaboré, pendant les longues soirées d'hiver, un programme de... géocratisme équitable : de *gê* (terre) et de *kratos* (pouvoir) : pouvoir de la terre ou du sol, qui doit être inséré, aujourd'hui, dans le journal socialiste *La Vérité*.

LIBERTAT

Tu ne m'en as jamais parlé.

SOSTHÈNE

Parce que je voulais que tu en eusses la douce surprise. Je vais t'expliquer, en deux mots, mon idée. Idée que j'ai puisée, en grande partie, dans le collectivisme, etc., mais qui s'en différencie, sensiblement, par une foule de petits points, qui, de prime abord, paraissent insignifiants, jusqu'à ce que le système soit complètement établi. Alors, c'est un tout, parfaitement différent ; un mode de gouvernement qui concilie tous les honnêtes gens...

LIBERTAT

Et il y en a dans toutes les classes.

SOSTHÈNE

Oui. Par la suppression — et c'est là le point entièrement nouveau de mon système — par la suppression de tous les gens reconnus foncièrement, moralement et juridiquement coupables des crimes ci-après. Je les range par ordre de culpabilité, du composé au plus simple — criminellement parlant.

LIBERTAT

Celui qui porte tort à tout le monde ou celui qui n'attente au bonheur que d'un seul.

SOSTHÈNE

C'est cela. D'abord : Les manieurs d'argent avérés et les avares ; les faussaires et les falsificateurs ; les escrocs et les voleurs ; les souteneurs ou plutôt… soutenus, et les entrepreneurs véreux ; les assassins, etc., ce qui motive l'adjectif équitable : le géocratisme équitable. Ces représentants retardataires de siècles passés… seront livrés aux laboratoires de médecine et de physiologie, selon le vœu de mon ami, le docteur Félix Brémond. Par ce géocratisme équitable, les mauvais auront si peur d'être *légalement* empoisonnés ou inoculés… qu'ils deviendront… presque tous honnêtes.

LIBERTAT

A la surface…

SOSTHÈNE

Eh ! je n'en demande pas davantage… et les indécrottables seront bons à quelque chose… au profit des autres.

LIBERTAT

Leur mort rachètera leur existence.

SOSTHÈNE

Dans toutes les séances où le juge d'instruction instrumentera contre l'inculpé, assistera, comme personnage muet, un médecin légiste qui, à la fin des séances, rédigera un rapport — s'il y a lieu — qui sera transmis au président de la cour qui jugera, par lui-même, de traduire l'inculpé devant les tribunaux ou ordonnera qu'il soit renfermé dans un établissement particulier où les soins médicaux ne lui manqueront pas ; et à sa sortie de la maison de santé, il bénéficiera, selon le cas, de la Loi de Pardon.

LIBERTAT

Ça, c'est très bien. Par cela la juste justice aura son cours et la faiblesse humaine son recours : la Justice secondée par la Science.

SOSTHÈNE

Je veux *égalité des droits*, d'où *égalité des devoirs*. Mais il y a *inégalité des intelligences*, d'où *inégalité des fortunes*… fortunes, réglées, m'entends-tu bien ?

LIBERTAT

Oui.

SOSTHÈNE

… réglées à un taux qu'on ne pourra pas dépasser. Mettons, par exemple, dix millions… et pas héritables…

LIBERTAT

Je comprends, pas héritables : qui seront versées, à la mort de leur détenteur, au profit de tous.

SOSTHÈNE

C'est cela, à partir de cinquante mille francs. La mine aux mineurs. Les eaux aux malades. Le partage du sol à tous... *après trois générations.*

LIBERTAT

Les droits de succession, sur les immeubles et les terres, étant portés à 31,33 et 36 %
naturellement.

SOSTHÈNE

Ce que je dis là est pour l'humanité entière : l'homme comme la femme. Les enfants adoptés et éduqués par l'Etat : tuteur officieux. *D'où unions libres pour ceux qui le voudront, leurs droits établis, comme aux autres ; d'où repopulation, au delà, que compensera l'extinction des malfaiteurs.*

LIBERTAT

Qui ira en diminuant.

SOSTHÈNE

La journée de huit heures pour tout travail. La loi d'airain, autrement dit, le minimum de salaire pour les travailleurs de l'un et de l'autre sexe ; et tout le monde, bien portant, travaillera. Plus de pauvres ! Plus de déshérités !... Plus de religion d'Etat : chacun croyant à ce qu'il lui plaît sans choquer le voisin.

LIBERTAT

On l'a dit : la liberté de l'un finit où la liberté de l'autre commence.

SOSTHÈNE

Rien n'est si vrai que la géométrie dans ses axiomes ; rien n'est si juste que la chimie dans cette géniale pensée : rien ne se crée, rien ne se perd.

LIBERTAT

Qui a dit ça ?

SOSTHÈNE

L'immortel Lavoisier. Dans le géocratisme équitable : le vrai culte, c'est l'amour de la terre : support des individus, productrice des aliments et notre réceptacle final. S'il n'y avait pas de blé, il n'y aurait pas de locomotive électrique ni de Vénus de Milo, et l'homme n'aurait pas pu faire son apparition sur la terre. Je voudrais qu'il y eût une fête du sol : la fête du travail dans les campagnes.

LIBERTAT

Comme une fête de l'intelligence, de l'industrie, dans les villes.

SOSTHÈNE

Oui. Plus de guerres, plus de procès, plus de luttes fratricides.

LIBERTAT

Plus qu'une religion, établie sur l'amour du travail, la paix, la concorde, la fraternité et la solidarité.

SOSTHÈNE

Dans un avenir lointain, mais quand même l'avenir : plus de provinces, plus de frontières ; rien qu'une patrie : le Sol !...

LIBERTAT

Plus de peuples... que...

SOSTHÈNE ET LIBERTAT (Se tenant par la main.)

... l'Eternelle Humanité. (Ils s'embrassent.)

SCÈNE III

LES MÊMES, PLUS M. DELATRE ET SON FILS SIGISMOND

M. DELATRE (Qui a entendu la dernière phrase. Bas.)

Je vais vous en ficher, de l'éternelle humanité, moi.

SIGISMOND (A part.)

Allons-nous nous gondoler, oh ! là, là !...

M. DELATRE

Ben le bonjour, Monsieur Terrien. (Toisant Libertat.)

SOSTHÈNE (Qui a suivi le regard du maire, répond à ce regard, en toisant le fils.)

Monsieur le Maire, bonjour ; et qui me vaut l'honneur de votre visite ?

VII

M. DELATRE

Je voudrais vous parler... en particulier...

SOSTHÈNE (A Libertat qui fait mine de s'en aller.)

Reste, Libertat. (Désignant à M. Delâtre, Sigismond.) Est-ce que Monsieur assistera à notre entretien ?

M. DELATRE

Mais... c'est mon fils... Sigismond.

SOSTHÈNE

Assistera-t-il à notre entretien ?

M. DELATRE

Oui... certainement.

SOSTHÈNE (A Libertat.)

Reste donc. (A M. Delâtre.) Vous pouvez parler.

M. DELATRE

Eh bien !... Soit. Puisque vous ne voulez pas entendre à demi-mot.

SOSTHÈNE

J'entends votre demi-mot normand, mais je le traduis en bon français. Donnez-vous la peine de vous asseoir.

(Ils s'asseyent.)

M. DELATRE

Vous n'avez pas l'abordage facile, Monsieur Terrien.

SOSTHÈNE

Depuis que, usant, sinon abusant de votre droit de maire de Terreville, vous m'avez fait défendre d'apposer des affiches conviant tous les miséreux à partager avec moi la soupe du matin et du soir.

M. DELATRE

J'étais dans mon droit de maire. Je ne voulais pas me prêter à votre... popularité...

SOSTHÈNE

... malsaine..., vous qui avez une popularité... bien pensante. Arrivons au fait qui me vaut l'honneur de votre visite.

M. DELATRE

Je passais avec mon fils, et, au lieu de vous envoyer, par le garde champêtre, l'invitation de passer à la mairie, dans mon cabinet..., pour vous entretenir... d'une chose... à votre encontre... grave... vis-à-vis de vos relations... intimes... comme je passais, dis-je, j'ai cru devoir entrer... et c'est l'accueil que vous me faites !...

SOSTHÈNE

Je n'ai rien de caché pour ce brave ami Libertat.

M. DELATRE

C'est pourtant de lui... qu'il s'agit.

SOSTHÈNE

De lui ?... de mes relations... avec lui ?

LIBERTAT (S'avançant vers Sosthène.)

Je me doute de ce que Monsieur va t'apprendre... et si tu n'as pas besoin de moi...

SOSTHÈNE (Gardant la main de Libertat.)

Je répéterai ma phrase de tout à l'heure : Monsieur assistera-t-il ?

SIGISMOND (Confidentiellement à Sosthène.)

Je suis dans le tuyau.

DELATRE

Va-t'en faire un tour pendant cinq minutes.

SIGISMOND (A part.)

J'en suis baba ! mais je m'en bats l'œil dans les hauts prix. (Il sort.)

SOSTHÈNE

Va, mon vieux copain, va.

LIBERTAT

Merci. (Il sort. La fenêtre de la Rebourse s'ouvre, et elle paraît en écoutant.)

SCÈNE IV

SOSTHÈNE et M. DELATRE

SOSTHÈNE

Je vous écoute.

M. DELATRE

Je sais que, depuis neuf mois que vous avez hérité de votre frère, Libertat est votre domestique.

SOSTHÈNE

Mon hôte, s'il vous plaît.

M. DELATRE

Ne jouons pas sur les mots... soit, votre hôte, si vous voulez. Vous le dites votre ami, eh ben, lisez-moi ça. (Il lui passe un papier.)

SOSTHÈNE (Lisant.)

« Jacques Cabirol, né à Segonzac (Charente), en 1859 ; a été ordonné prêtre en 1884 ; a desservi Vortoul, pendant cinq ans ; s'est enfui, nuitamment, du presbytère, on ne sait pour quels motifs ; mais on n'a rien trouvé à dire contre lui : ni maîtresse, ni soustraction d'argent. » Eh bien ? on est donc condamné à porter le boulet noir jusqu'à la mort ! La prêtrise à perpétuité ?

M. DELATRE

Il savait ce qu'il faisait à vingt-quatre ans. Ce sont des vœux perpétuels. Et ça n'est pas tout. Il y a un an et demi, il fut condamné pour délit de vagabondage, par le tribunal de Rouen, à trois mois de prison, sous le nom de Libertat, qu'il avait pris en quittant la soutane. Saviez-vous ça ?

SOSTHÈNE

Non, ma foi, non. Mais, depuis neuf mois, c'est un serviteur exemplaire.

M. DELATRE

Qui cherche à se faire pardonner... ou à vous endormir.

SOSTHÈNE

Un serviteur exemplaire, je vous le dis. Travailleur ; se levant tôt ; se couchant le dernier ; probe ; honnête ; ayant reçu une forte instruction et une très bonne éducation ; s'entendant à tout : à soigner les bêtes... et quelquefois les gens ; prenant soin de tout ; prévoyant l'orage et mettant à part les récoltes. Ce n'est pas comme ce Tricard, que vous m'avez recommandé, ni comme la luronne de Niaise. Et puis, je l'ai connu à Paris, il y a dix ans.

M. DELATRE

Au sortir du froc, qu'il avait jeté aux orties. Le renégat... le parjure !...

SOSTHÈNE

Je ne sais pas ce qui l'a fait agir ainsi ; mais, ça m'étonnerait bien qu'il n'eût pas raison de faire ce qu'il a fait, et, à preuve du contraire, je lui garde mon estime. Mais, qu'il ait été condamné pour vagabondage, c'est la société qui est fautive : tout homme honnête a le droit de vivre. Or, il faut du pain pour vivre, du pain gratis pour ceux qui ont faim et pas d'argent pour en acheter. Et, par là, une des trois choses prévues par le Code pénal, pour caractériser le vagabondage, disparaîtra ; en attendant que tout être humain ait droit au logement et au minimum de salaire, en travaillant obligatoirement huit heures par jour.

M. DELATRE (Se levant.)

Il coulera ben de l'eau sous les ponts, avant que ça n'arrive. Pour l'instant, je croyais vous faire réfléchir, en vous énumérant les *qualités* de votre protégé. Mais, va-t'en voir s'ils viennent, Jean !... vous continuez à l'appeler votre ami ; vous prenez sa défense contre la société... contre l'ordre établi, eh ben, soit ! nous verrons si, moi, maire de Terreville, je n'ai pas le droit... sinon le devoir, dans l'intérêt de mes administrés, de chasser du Territoire de ma commune un vagabond, un prêtre défroqué... et on ne sait pas tout le reste.

LA REBOURSE (A la fenêtre de l'autre côté.)

Bravo !... M'sieur le Mare, jarnideu !... v'là qu'est bé parlère.

SOSTHÈNE (Se reculant vers l'avant-scène, pour la voir à sa fenêtre.)

Vieux carnage !... veux-tu taire ta gueule et rentrer dans ta souille !

LA REBOURSE

V's l'entendez, M'sieu le Mare, i' m' trait' de vieux carnage !... Par heureuseté, qu' jons d' s témoins, v's, d'abord, et pis votr' fils, qu'est là d'vant mé.

SIGISMOND (De l'autre côté.)

Oui... oui...

LA REBOURSE

Carnage !... vieux carnage. (L'interpellant.) Communard !

M. DELATRE (Qui s'est reculé aussi.)

Rentrez chez vous, ma bonne dame Terrien... Rentrez... Rentrez.

LA REBOURSE

Carnage !,.. i' va savouère c' qu'en coûte pour m'appeler vieux carnage. (Elle referme sa fenêtre.)

M. DELATRE

Elle a eu tort de se mêler à notre conversation ; mais vous avez outrepassé votre droit en l'appelant comme vous l'avez fait.

SOSTHÈNE

Je m'en fous. (A lui-même.) La racaille !... qui fait médire du vrai peuple.

M. DELATRE

Certainement, c'est moi qui ai eu tort d'élever ainsi la voix. Je la verrai et la dissuaderai de vous traduire en justice. Mais, c'est Monsieur Delâtre qui vous dit ça. Prenez garde que Monsieur le Mare sévisse contre votre... Libertat, si vous ne vous en séparez pas au plus tôt.

SOSTHÈNE

Sévissez. Moi, je le garde !... nous verrons bien qui l'emportera.

M. DELATRE

Nous verrons !... nous verrons !... (Il sort en criant par dessus le mur.) Sigismond ?

SIGISMOND (De l'autre côté.)

Oui.

M. DELATRE

Viens-t'en. (Il sort.)

SCÈNE V

SOSTHÈNE et LIBERTAT (Paraissant sur le seuil de la maison.)

LIBERTAT

J'ai tout entendu : tu m'avais autorisé.

SOSTHÈNE

C'est bien. Et tu sais de quoi tu es accusé ?

LIBERTAT

D'avoir déserté le poste de prêtre dont je me sentais indigne... ne croyant plus.

SOSTHÈNE

Honnête et digne homme. Et le vil vagabond ?

LIBERTAT

C'était à l'approche de l'hiver...

SOSTHÈNE

« *La faim, l'herbe tendre...*

LIBERTAT (Soupirant.)

Ah !...

SOSTHÈNE

» *Et quelque diable aussi te poussant, tu tondis de ce pré la largeur de ta langue,* » *ou moins encore... absous, absous !... Que ne me l'as-tu raconté ?...*

LIBERTAT

Je n'osai pas.

SOSTHÈNE

Tu en étais trop affecté.

LIBERTAT

Repoussé des uns, honni des autres, parmi ce qu'on nomme la basse classe... la populace...

SOSTHÈNE

La tourbe... la vile tourbe...

LIBERTAT

... poussé par la nécessité, je me réfugiai. C'est là que je connus — pour un instant — la douce extase, le bonheur suprême, qui, frère, nous embrase, nous étreint, nous rend semblables aux dieux : l'Amour !...

SOSTHÈNE

« *Qui que tu sois, voici ton maître,* » *à juste tour, l'a dit Voltaire.*

LIBERTAT

Ce fut un vif éclair ; mais ce ne fut qu'un éclair. J'en fus tout ébloui. La scène changea ; la foudre tomba : mon cœur était mort.

SOSTHÈNE

Elle t'abandonna ?

LIBERTAT

Tout mon être se tord à ce penser. Alors, je fus pris d'un immense écœurement et je déplorai l'inclémence du sort. Je résolus d'errer, au jour le jour, gagnant, mendiant mon pain, jusqu'à ce que, pour finir, la mort voulût de moi.

SOSTHÈNE

Le Juif errant !

LIBERTAT

Ne regrettant rien !... n'espérant rien !... et n'ayant que le saint sentiment de l'Être suprême qui nous a créés.

SOSTHÈNE

Affaire d'atavisme, va !...

LIBERTAT

Sous les dehors d'un chemineau, d'air et de lumière, de liberté, je fus follement épris. Hère miséreux, couchant en plein été sur le bord de la route, comptant les astres ; et, confort suprême, en plein hiver, sur de la paille chaude — chaude de l'haleine des bestiaux — et, sans fraude ni mensonge, me rendant utile à ceux qui me donnaient du pain, du feu, du feurre et... l'abri. N'ayant pour tout équipage que mon bissac, le calumet de paix et mon bâton de voyage.

SOSTHÈNE

Et les trois mois ?

LIBERTAT

M'y voici. Par treize degrés de froid, je sortais, le cœur et les poings serrés, de l'hôpital, n'ayant que quelques sous. En ville, trop fier pour mendier ; trop faible, trop débile pour travailler, j'enfouis l'argent qui me restait au fond d'un bois, proche la ville, et, tout d'un trait, à deux gendarmes que je vis venir et qui me questionnèrent, je déclarai crûment, que je n'avais ni feu, ni lieu, nul métier, pas d'argent. On m'arrête ; me jugeant et me condamnant à trois mois de prison. Quand j'en sortis, au mois de mai — me promettant bien de n'y pas retourner — le soleil égayait la terre ; la chanson du Printemps s'essayait et, dans son style épandu, faisait chanter les bois, les prés, les jardins : toute chose. Il faisait bien bon de vivre et... (Il soupire) *et j'ajoute que la perspective de M. le maire, à tout prendre, me sourit. Vivre cahin-caha ; coucher à la belle étoile ; travailler comme un lazarone ; dormir au soleil ; en somme, faire ce qu'il vous plaît : c'est là le rêve des richards et des pauvres bougres. Nous sommes les maîtres de notre individu. Surtout moi, qui ne paie aucune charge ; pas d'impôts fonciers ; pas de prestations ; pas de cote mobilière ; ah ! le droit de vivre, à l'air libre, au soleil, à la liberté ! C'est là le fond du communisme que tu professes, et tu me donnerais tort de penser et d'agir ainsi ? Ça ne se peut pas !*

SOSTHÈNE

Oui, oui. Tu as raison. Mais, ce qui, dans ce cas-là, te donne tort, ce n'est pas moi : c'est la vie étroite, égoïste, inhumaine, trop servie par l'injustice, que nous menons tous. C'est la société présente, hostile au paria qui cherche à se réhabiliter. Si mauvaise, qu'on peut dire d'elle : elle est un crime de lèse-humanité. C'est la compétition des deux classes : le Peuple et le Bourgeois. Oh ! oh ! les nobles, je n'en dis mot. Ils sont en parenthèse. Ils ont eu leur bon et beau temps : Quatre-vingt-treize les a guillotinés. Mais, de ces bourgeois, nés du Peuple... (S'adressant à un public imaginaire.) *Qu'est-ce qui n'est pas du peuple ? Nez-à-nez, qui pourrait dire qu'il n'en est pas ? Mais, ce n'est pas le moment de discourir. Le temps presse. Je tiens à toi comme un vrai collaborateur et comme un frère en humanité. Le labeur sera rude, si j'en crois mon passé néfaste et mes pressentiments. Depuis cent ans, la caste bourgeoise a pris le dessus. Il faut réagir pour le bien-être de l'humanité. Haïr, s'entre-détester, s'entre-déchirer et s'entre-détruire, entre humains ; ceux-là que le même ventre a portés, le même sein a nourris : les fils de la mère éternelle : la nature aux dix mamelles. Ah ! serrons les rangs ! Réfléchis ! Tu te décideras demain matin. Tu restes toute la journée. Et Jean-Pierre allumera — parbleu ! puisque nous n'avons plus la Niaise — du feu, pendant que tu plumeras un poulet. La table, devant la maison, là. Je te laisse le soin de régaler ces deux gourmands de Parisiens, à qui je vais acheter ce carré de biens, dont ils ont hérité. Je veux le dénommer le champ des Terrien pour commencer l'ère nouvelle du géocratisme. Sans adieu. Réfléchis bien, réfléchis bien.* (Il entre dans la maison.)

SCÈNE VI

LIBERTAT

Ah ! ah ! mon choix est bien pris ! c'est tout bien pensé !... Je partirai, dès demain, de cette maison, où je fus accueilli comme le fils prodigue, sans rien savoir de mon passé : les bras tendus ; le cœur ouvert ; l'air empressé !... Et pourtant j'étais si bien, tant heureux, si...

VIII

SCÈNE VII

Le Même et LA REBOURSE

LA REBOURSE

Psitt !... psitt !...

LIBERTAT

Qui m'appelle ? Est-ce moi ? (Apercevant la Rebourse qui a passé sa tête au-dessus de la palissade et qui lui fait signe de venir, en silence, qu'elle veut lui dire quelque chose en secret ; mimant ça, en mettant le doigt indicateur sur sa bouche fermée.)

LIBERTAT (S'avançant à regret.)

Que me voulez-vous ?

LA REBOURSE (A demi-voix.)

As-tu connu Canigou ?

LIBERTAT (Effaré.)

Canigou ?

LA REBOURSE

Oui, Canigou. Le custot et le carillonneux de St-Placide, à Vortoul. Eh bé, i' t' connaî, li. I' habite ton pé de malheur. C'est li qui m'a écrit pou qu' j' passions la lettre à M'sieu le Mare. Et sais-tu de qui j' tenons la chose... de Gannel Tricard, qui viage par là-bas. Tu vois bén qu' je pense à té ; qu' j' t'oublions pas dans mes périières du matin, vieux juguenot !... Tiens, v'là pour té. (Elle lui crache au visage.)

LIBERTAT (Pleurant et étendant la main vers elle.)

Que le Dieu
de clémence et de miséricorde,
t'absolve
de ta méchante action !...
Quant à moi...
je te pardonne !... (Il tombe en sanglotant sur le banc.)

La Rebourse disparaît. Entre Jean-Pierre qui se croise avec Sosthène.)

SCÈNE VIII

LIBERTAT, SOSTHÈNE et JEAN-PIERRE

SOSTHÈNE (En habit de ville.)

Ah ! c'est toi, Jean-Pierre ! Je pars. Il est dix heures et demie. Libertat, je compte sur toi. Tu resteras... tu resteras !... (Il serre la main à Libertat, et sort suivi de Jean-Pierre.)

SCÈNE IX

LIBERTAT (Seul et se levant.)

Et maintenant,
plus que jamais !...
je partirai !...

RIDEAU DU PREMIER ACTE

ACTE DEUXIÈME

ACTE DEUXIÈME

(Même décor. Il est quinze heures de l'après-midi. On est à table, au dessert.)

SCÈNE PREMIÈRE

SOSTHÈNE, Mme TROUSSAINT, LIBERTAT, JEAN-PIERRE ET M. TROUSSAINT (Jean-Pierre apporte la cafetière et en sert.)

SOSTHÈNE

Voilà le saint café. Sucrez-vous...

AMÉLIE TROUSSAINT

Merci. Dieu, qu'il fait chaud. Donne-moi, Isidore, mon éventail ; à côté de toi.

ISIDORE TROUSSAINT

Voilà... l'éventail demandé.

LIBERTAT

Pas pour moi.

ISIDORE

Vous ne prenez pas de café ?

LIBERTAT

Jamais.

AMÉLIE

C'est drôle, — et moi je l'adore.

ISIDORE

Eh bien !... et moi ? (On sourit.)

AMÉLIE

Toi, Monsieur Isidore Troussaint... je t'estime.

SOSTHÈNE

Que ça ?

AMÉLIE

... et je t'aime.

ISIDORE ET SOSTHÈNE

A la bonne heure.

SOSTHÈNE (Continuant la conversation.)

Et André ? André Mouraille, le Lyonnais ?

ISIDORE

Disparu.

SOSTHÈNE

Et Lubowski, le Polonais ?

AMÉLIE

Toujours le même, avec son veston de velours.

SOSTHÈNE

Ah ! Eh bien, et Domergue... que j'oubliais ?

ISIDORE

Mort, il y a deux mois.

SOSTHÈNE

Mort !... Mort ! C'était un frère de la bonne trempe. Nous avons combattu ensemble, en 71, à la barricade du Château-d'Eau, où est mort le grand citoyen qu'était Delescluze... et tant d'autres... Domergue, avec qui nous avons été expédiés à Cayenne, sous sa majesté Foutriquet Ier. (Il reste pensif.)

LIBERTAT

La Commune voulait l'égalité... mais elle a commis des fautes.

SOSTHÈNE

Lesquelles ?

LIBERTAT

Les otages !... les incendies !...

SOSTHÈNE

On t'a raconté ça, en province ! Oui, c'est vrai. Il y a eu des otages de fusillés... et des incendies pendant la semaine sanglante !... Mais les Versaillais s'en sont donné à cœur-joie. Èt les massacres du Châtelet : femmes, enfants, vieillards ; et les conseils de guerre de Versailles... et les déportations ?... Pour treize otages, quarante mille fusillés.

ISIDORE

Mais ça... c'est la guerre.

SOSTHÈNE

La guerre civile !...

AMÉLIE

Et puis, ça venait après la guerre étrangère.

SOSTHÈNE

La folie obsidionale, fruit de la guerre. Le sinistre vieillard a voulu refaire l'affaire de la rue Transnonnain. Ah ! la guerre étrangère... pour plaire au bon plaisir d'une femme... d'une Espagnole, encore, qui voulait sa guerre d'hérédité... Elle en a eu, de l'hérédité, avec les Zoulous ! Et pendant que la police de l'Empire, déguisée en ouvriers, criait : A Berlin ! A Berlin !... les Allemands, confiants dans leur chancelier de fer et dans ses fausses dépêches, criaient : A Paris ! A Paris !... De là l'égorgement de l'élite du sang, du talent, de la jeunesse : Lambert et Henri Regnault. La lutte fratricide se poursuit. Voyez la guerre de Chine ? Voyez la guerre du Transvaal, qui dure depuis deux ans passés ? Quand donc les peuples comprendront-ils qu'épouser les querelles de leurs gouvernants ne sert qu'à faire saigner, affamer et débiliter les deux nations qui combattent, tandis que leurs rois et leurs ministres se portent bien ?

TOUS (Riant.)

Ah ! ah !

SOSTHÈNE

Est-ce qu'on n'a pas assez de ses peines et de ses maladies, contre lesquelles nul ne peut s'insurger sans les augmenter par les souffrances morales et physiques qui découlent de la guerre : les incendies, les viols, le meurtre, le pillage, la rançon, les milliards d'indemnité et la famine ? Et les pleurs des mères, des épouses, des enfants ; et les larmes de sang des citoyens, tant vainqueurs que vaincus ! Et pourquoi ? Pour, après trente ans, se serrer la main, se donner l'accolade fraternelle et échanger des paroles de paix. (Applaudissements.) Si l'inimitié devait durer toujours ; jusqu'à la fin des siècles ou jusqu'à l'écrasement complet de l'un des combattants ; qu'on n'entende plus parler de lui, comme s'il n'avait jamais existé : je comprendrais, ou ne comprendrais pas... Mais ça serait tout de même (Rires), mais s'entr'égorger et puis faire la *nopce* ensemble. (Rires.)

IX

LIBERTAT (Tristement.)

Hormis ceux-là qui ne sont plus.

SOSTHÈNE

Oui... Voilà ce que je trouve absurde, idiot, archi-mauvais, et bien digne des gouvernements et de leurs inféodés : les nobles — descendants de la cuisse de Jupiter... mais descendant très bas — et les bons bourgeois ; parce que le peuple (je dis le peuple, *glorieuse phalange*, et non pas, comme ses ennemis le disent, *vile multitude*), ne veut pas de la guerre, a horreur de la guerre, ne peut pas souffrir la guerre ; mais il est bien forcé de la faire... la guerre, car il serait passible des conseils... de ladite guerre. (Applaudissements.) Buvons à la fraternité des peuples.

TOUS (Levant leurs verres.)

A la fraternité des peuples.

SOSTHÈNE

Tandis que moi, avec le géocratisme équitable, je ne veux que la disparition du mal, aussi bien d'en haut que d'en bas. Au lieu de décimer l'espoir de l'avenir, je supprime tous les attentats, tous les délits, tous les crimes. Les attentats par des peines excessivement légères : la loi de sursis et la loi de Pardon ; et les délits ou les crimes par la... mort ! Plus de prison et plus de bagnes ; moins de juges, mais davantage de bourreaux... jusqu'à ce que, enfin, l'harmonie universelle règne sur les Français et sur tous les humains ensuite. Et les malades et les infirmes ; les aliénés et les vieillards, d'en haut comme d'en bas, seront recueillis et soignés... par l'Etat... c'est à dire... par tout le monde... *centralisé*... Buvons au géocratisme équitable.

TOUS (Même jeu que plus haut.)

Au géocratisme équitable.

AMÉLIE (Légèrement grise.)

Pour équitable, je fais mes réserves sur ce mot-là.

SOSTHÈNE

Pourquoi ?

AMÉLIE

L'assassin est autrement coupable que le voleur ; l'incendiaire que le banqueroutier.

SOSTHÈNE

Ils sont tous coupables, au même degré : *d'attentat au bonheur équitable d'autrui*. J'y ai bien réfléchi et je le laisse à vos réflexions ! Pour moi, pour les honnêtes gens, prenons modèle sur l'inventeur, sur l'artiste, sur le savant, sur le penseur, qui travaillent sans idée préconçue de lucre ; par amour de leur profession ; amour de la vérité, du beau, de l'utile ; et, séparés qu'ils sont par leurs intérêts individuels, sont rassemblés par un seul désir, et, ce seul désir, c'est de faire mieux que leurs devanciers. De là, la formule collectiviste, par excellence : *le travail pour soi-même au profit de tous*. C'est du socialisme ; c'est du collectivisme ; c'est même de l'anarchisme, dans ce qu'il a de meilleur... Enfin, c'est du géocratisme. C'est ce que j'appellerai d'une manière courante : *la fourmilière humaine*.

TOUS

Bravo !... Bravo !...

SOSTHÈNE

Buvons à la fourmilière humaine.

TOUS

A la fourmilière humaine.

SOSTHÈNE (Versant à boire.)

C'est du Calvados... du vieux... nous n'avons que ça ! Et vous, madame, une consolation ?

AMÉLIE

Merci. Il est très bon.

ISIDORE

On se croirait à ma salle « *La Vérité* »... avec plus d'air.

AMÉLIE

Alors pourquoi avez-vous déserté le parti ?

SOSTHÈNE

Moi, déserté !... ce n'est pas ce que vous voulez dire, sûrement. J'y tiens plus que jamais. Je vais mettre ces théories en pratique, dans cette terre-ci, que mon frère m'a laissée. Je veux fonder le géocratisme : le partage du sol à tous. C'est pourquoi je vous ai acheté, ce matin même, le champ Savary, dont le nom exprime, en vieux français : champ qui se repose depuis longtemps ou garrigue inculte, pour en faire le champ des Terrien, d'où la nouvelle ère bienfaisante de l'humanité surgira, resplendissante et glorieuse.

AMÉLIE (Un peu grise ; ils se lèvent tous.)

Je ne sais pas ce que c'est que la géogra...

SOSTHÈNE (Souriant.)

Le géocratisme... pouvoir de la terre... empire du sol...

AMÉLIE

Oui. Mais, je trouve — chacun a son idée — que la guerre a du bon...

TOUS

Comment ?

AMÉLIE

Ça fait... avancer... dans leurs grades... les hommes qui en font... leur carrière.

SOSTHÈNE

Et mourir les autres... On voit que vous n'avez jamais eu de garçon.

AMÉLIE

Et puis, ça relève le prestige de la gloire.

SOSTHÈNE

Qui rime mal avec victoire. Mais, citoyenne Amélie Troussaint, ex-locataire de la salle « *La Vérité* », ne vous aurait-on pas changée en nourrice, vous que j'ai connue, mangeant des militaires et des prêtres, en salade, avec beaucoup de poivre, de piment et de moutarde ?

AMÉLIE

Oui. J'ai été communarde... d'intention : le métier voulait ça. Mais, à présent...
(Elle boit une gorgée.)

SOSTHÈNE

Ce qui ne vous empêche pas d'avoir une bonne part des actions de « *La Vérité* ».

AMÉLIE

Et, où en serait le mal ?

SOSTHÈNE

Au contraire.

AMÉLIE

Je suis d'accord avec pas mal de revendications des socialistes. Je suis pour le vote des femmes.

SOSTHÈNE

Eh bien ! écoutez. J'ai prévu le cas dans mon programme de géocratisme équitable où je dis :

Les hommes, les femmes et les filles, ayant vingt et un ans accomplis, et depuis six mois, au moins, exerçant une profession ou un métier INDIVIDUEL ET AVOUABLE, *constaté par une patente ou un livret, auront droit de vote, dans la circonscription où ils exercent leur état, jusqu'à soixante et dix ans, et éliront des mandataires des deux sexes.*

La présente loi est faite pour les travailleurs des deux sexes ; elle consacre le FAIT DU TRAVAIL AU-DESSUS DU CAPITAL.

ISIDORE ET AMÉLIE (En chœur.)

Oh ! au-dessus...

SOSTHÈNE

... du capital... et Raka pour les manieurs d'argent et les oisifs. Au vote universel et à l'éligibilité des femmes.

JEAN-PIERRE ET LIBERTAT (Seulement.)

Au vote universel.

SOSTHÈNE

La France devrait avoir honte de ne pas avoir Clémence Royer siégeant au Parlement... et tant d'autres..., au lieu d'avoir de parfaits imbéciles et des gredins, comme..... (Il aperçoit la petite Gillotte.) ... Avance, petiote Gillotte, et suis-moi. (A ses invités.) Un moment. (Ils entrent dans la maison.)

SCÈNE II

LES MÊMES, MOINS SOSTHÈNE

AMÉLIE

Je dis tout ça pour le taquiner, car c'est le meilleur des hommes

ISIDORE

Il ne ferait pas de mal à une mouche ni à un oiseau.

JEAN-PIERRE

A preuve qu'il ne veut pas qu'on chache dans son champ.

LIBERTAT

Ni qu'on pêche dans la rivière qui le borde.

AMÉLIE

Mais dès qu'il est sur son dada...

ISIDORE

Le géocratisme équitable...

JEAN-PIERRE

I' veut la crevaison...

LIBERTAT

... de tous les malfaiteurs... Je dirai, comme Mme Troussaint : Où serait le mal ?

TOUS

Ça, c'est vrai !...

LIBERTAT

C'est comme si l'on disait qu'il n'y aura plus de maladies...

ISIDORE

Alors on mourrait de sa belle mort.

SCÈNE III

Les Mêmes, plus SOSTHÈNE et la Petite, qui tient dans son tablier quelque chose.

SOSTHÈNE

Adieu. Bien le bonjour à ta grande et à ton père. (Elle sort.)

AMÉLIE

Coquin d'homme, toujours le même.

SOSTHÈNE

Puisque je peux le faire.

ISIDORE

Pour en revenir à notre conversation de tout à l'heure, c'est comme au jeu de tonneau : en religion, en politique, en littérature, en beaux-arts, chacun, en lançant son palet, croit avoir mis dans le mille.

TOUS

Bravo !...

ISIDORE

Et à part tout ça, c'est des potins de concierge ; des remèdes de bonne femme... de la boutique à 13.

TOUS

Ah ! ah ! Bravo !... Bravo !...

AMÉLIE (Lui regardant dans le dos.)

On t'a soufflé ça ?

SOSTHÈNE

C'est le Calvados qui parle par ta bouche. (On entend une demie.) Hein ! trois heures et demie. Libertat, Jean-Pierre, allez atteler Coco au cabriolet (Ils partent), à moins que vous ne partiez qu'à dix heures, ce soir.

AMÉLIE (Remettant son chapeau.)

Non ; nous sommes attendus.

ISIDORE

Je te remercie de l'accueil...

SOSTHÈNE

A titre de revanche quand j'irai à Paris. Allons, le coup de l'étrier.

ENSEMBLE

Non...

SOSTHÈNE

Comme vous voudrez. Dans cinq minutes vous serez arrivés à la gare, en passant par le raccourci. (Les prenant par le bras, ensemble.) Vous devriez faire comme moi... avec vos fortes rentes.

AMÉLIE

Non, merci. On est trop mal récompensé.

SOSTHÈNE

Ah !... Oui. (Une seconde de silence.) Ah ! on fait son ¦devoir... pour le bien de l'humanité. Je vais voir si c'est prêt. (Il sort.)

SCÈNE IV

ISIDORE et AMÉLIE

AMÉLIE

Je préfère vivre dans mes terres, dans le château d'Aspremont, que j'ai acheté, il y a trois mois... que d'avoir, sous les yeux, la misère des autres.

ISIDORE

Ah! ça, tu as raison.

AMÉLIE

Pour cette bonne parole, laisse-moi t'embrasser. (Elle embrasse tendrement son mari, quand Louise entre en scène et les surprend.) Oh!... que demandez-vous ?

SCÈNE V

LES MÊMES, ET LOUISE et son fils

LOUISE

Monsieur Terrien, s'il vous plaît ?

ISIDORE

Il va venir.

LOUISE

Merci.

AMÉLIE

Que lui voulez-vous ?

LOUISE

C'est pour lui... parler.

AMÉLIE

Est-ce que ça vous concerne... ou lui ?

LOUISE

C'est pour moi, madame.

AMÉLIE

Pour lui demander... une place ?

LOUISE

Un conseil... ou une place. J'ai du courage... et bonne envie de travailler...
pour mon fils (Elle l'embrasse), pour mon petit bijou !...

AMÉLIE (A part.)

Tiens !... tiens !... tiens !... (Haut.) Est-ce que vous êtes mariée ?

LOUISE

Mon enfant n'a que moi.

AMÉLIE

Je vous demande : êtes-vous mariée ?

LOUISE

Non, Madame.

AMÉLIE

Je savais bien.

LOUISE

C'est pour cela que je viens.

AMÉLIE

Je crois que M. Terrien n'a besoin de personne.

LOUISE

Pourtant... on m'avait bien dit...

AMÉLIE

Qui ?

LOUISE

Une pauvre femme que j'ai rencontrée, sur la route d'Avrignie à Terreville, qui
m'a dit qu'elle venait du village de l'église. Elle avait obtenu quelques secours
d'argent, pour son mari, qui est malade, par ce bon M. Terrien.

AMÉLIE

Eh !... la pauvre femme était mariée, du moins ; tandis que vous... vous êtes...
une fille-mère !...

LOUISE

Hélas ! plus à plaindre que toutes les mères ordinaires.

X

AMÉLIE

Pourquoi ne pas aller chez le curé, alors ?

LOUISE

Il ne pourrait rien faire pour moi. Les curés ont les pauvres de leur paroisse à secourir... et, moi, je suis une étrangère pour eux. Je suis Israélite.

AMÉLIE

Is...ra...él...ite !... Eh bien, quand on est juive... on ne se fait pas faire... de gosse !... voilà.

ISIDORE

Tu vas trop loin, Amélie.

AMÉLIE

Isidore !... Isidore !... Je sais ce que je dis. Tu me coupes la parole devant cette fille... une servante... et... une youtre... encore !...une youpine...

LOUISE

Ahhh !... (Regardant Amélie, elle soupire de ne pas pouvoir dire ce qu'elle pense.)

AMÉLIE (S'avançant vers elle.)

Qu'est-ce que vous dites ?

LOUISE

Rien. Je soupire en pensant à mon enfant. Voilà tout.

AMÉLIE

Il va nous faire manquer le train.

SCÈNE VI

Les Mêmes, plus SOSTHÈNE

SOSTHÈNE

Le cabriolet vous attend.

AMÉLIE (En s'en allant, se retournant.)

Cette fille-mère... vous demande. (Elle sort, suivie d'Isidore.)

SOSTHÈNE (A Louise.)

Je reviens à l'instant. (Il sort.)

SCÈNE VII

LOUISE

Bien, monsieur. Il a l'air d'un brave homme : on ne m'avait pas trompée. Il aura pitié de nous, j'en suis sûre. Mon petit bijou... bijou... bijou... bijou...

SCÈNE VIII

LOUISE, AVEC SON ENFANT ET SOSTHÈNE

SOSTHÈNE

Qu'y a-t-il pour votre service, mon enfant ?

LOUISE

La présentation qui a été faite de moi, par cette... personne... est juste : je suis une fille-mère.

SOSTHÈNE

Plus à plaindre que les autres, parbleu !...

LOUISE

Oh ! c'est ce que je lui ai dit... Oh ! je vous remercie, Monsieur ; nous pourrons nous entendre.

SOSTHÈNE

C'est fait sur ce point-là, voyons les autres. Asseyez-vous. Qu'il est gentil !... Comment s'appelle-t-il ?

LOUISE

De mon nom à moi : Louis Milher.

SOSTHÈNE (Souriant.)

Mange du gâteau... du chemineau... de peur de l'être à ton tour. Contez-moi votre histoire.

LOUISE

Il y a deux ans, j'étais en place dans un château des environs de Paris, comme demoiselle de compagnie et lectrice de madame. Ce qui suit ressemble tellement à ce que j'ai appris depuis... que vous devez deviner le reste.

SOSTHÈNE

Toutes les histoires de la sorte sont bâties sur le même modèle. Est-ce que c'est par le mari... ou...

LOUISE

Par le fils. Il avait vingt ans, et moi, vingt-deux. Il me fit la cour ; moi, je succombai. Madame s'aperçut de notre manège et me renvoya. Quant à Monsieur, il est dans un ministère...

SOSTHÈNE (Souriant tristement.)

Une grosse légume, comme on dit.

LOUISE

Oui.

SOSTHÈNE

Et le fils ne vous vint-il pas en aide ?

LOUISE

Dans les commencements. Il savait qu'il m'avait rendue mère ; moi, j'allai parmi les autres places — bien inférieures à ma condition — jusqu'à ce que j'entrai à la Maternité, à Paris. J'y accouchai. On me demanda si je voulais abandonner mon enfant ; je ne le voulus pas. On me donna trente francs, et avec ce que le père de mon enfant m'avait donné, je retournai, ici, en Normandie.

SOSTHÈNE (Au petit Louis et à Louise.)

As-tu soif ? avez-vous soif ? Il fait très chaud.

LOUISE

J'ai plutôt faim.

SOSTHÈNE

Ah ! et moi qui me laisse raconter... quand vous avez faim. Prenez !... prenez !... prenez !... (Il va chercher des verres.)

LOUISE

Mange, mon bijou. (A Sosthène, qui revient.) Je n'ai pas mangé depuis hier, quatre heures.

SOSTHÈNE

Ça vous fait vingt-quatre heures. Nous avons le temps.

LOUISE

Vous êtes la bonté même.

SOSTHÈNE

Cette carcasse de poulet... ce morceau de fromage.

LOUISE

Je vous remercie. Je continue ma lamentable histoire.

SOSTHÈNE

Prenez de la boisson. (Il la leur verse.)

LOUISE

Je revins au pays : car je suis Normande.

SOSTHÈNE

On ne le dirait pas. Vous n'avez pas d'accent.

LOUISE

C'est ce qui a fait mon malheur... en grande partie. Je rentrai chez ma mère, car mon père, tailleur en chambre, venait, à peine, de mourir la semaine d'avant. Je vis que tous les regards m'étaient hostiles. Je résolus d'avoir de l'ouvrage chez ma mère : il fallait allaiter ce pauvre petit ; à force de démarches, j'en eus et j'eus encore des petits secours du père de mon enfant. Bientôt, je n'eus plus de ses nouvelles : il était entré au régiment. Quand, il y a deux mois, ma mère mourut. Un silence de mort se fit autour de moi. La chambre que ma mère habitait, se trouva louée sans que j'en eusse vent, et je laissai au propriétaire l'humble mobilier de mes parents. J'allai à l'hôtel. Alors, j'écrivis à Paul... qu'il me vînt en aide pour cette fois encore ; lui disant que je manquais de travail : le patron de l'usine ne me donnant plus rien, parce que, prétendait-il, l'ouvrage n'allait pas. J'ai appris, ensuite, qu'il avait pris d'autres ouvrières et m'avait refusé parce que j'étais fille-mère ; parisienne... à en juger par mon accent ; et qui, pis est, israélite...

SOSTHÈNE

Par dessus le marché. Alors, vous n'avez rien reçu du jeune militaire ?

LOUISE

Si, j'ai reçu une lettre, pas signée... mais, de son écriture déguisée... j'en jurerais. La voici. (Elle tire de son corsage un portefeuille dans lequel est la lettre en question, qu'elle passe à Sosthène.)

SOSTHÈNE (Lisant.)

« Saumur. La personne à qui vous avez écrit vous connaît de nom comme de
situation. Vous avez été chez sa mère en qualité de lectrice ; et elle ne vous a jamais
adressé la parole que pour affaire de service. Elle ne sait rien de votre vie depuis
que vous avez quitté le château. Elle pense que vous cesserez votre correspondance
avec elle, dès à présent. Sinon, elle mettra au courant de vos agissements le
commissaire de police de votre arrondissement. — Un bon conseilleur. » Le
misérable !... le gredin !... Et la grosse légume ?

LOUISE

Il ne s'est jamais mêlé des affaires de son fils.

SOSTHÈNE

Et ça se dit républicain. Alors ?

LOUISE

J'ai renoncé pour toujours à frapper à cette porte. J'ai quitté ma chambre, ce
matin, et le hasard m'ayant fait connaître votre nom et votre bienfaisance, je suis
venue vous demander ce que je dois faire... pour mon petit bijou !...

SOSTHÈNE (La Rebourse ouvre sa fenêtre et écoute.)

Votre petit bijou, comme vous l'appelez, est bien tombé. Vous, vous resterez ici,
à prendre soin du ménage. Vous allez oublier votre temps passé, vos misères, vos
peines. Les gens que vous avez connus ne vous valent pas — tant s'en faut. — Relé-
guez-les dans l'oubli. Vous serez nourrie, logée, hébergée. Vous recevrez, par an,
deux cents francs, et votre fils, votre petit Louis... votre petit bijou... comme son
père ne veut pas le reconnaître... je le reconnaîtrai... quelque jour... moi-même.

LOUISE

Oh ! Monsieur, c'est pour plaisanter que vous dites cela.

SOSTHÈNE

Non. C'est la pure vérité. Je serai son père de par la loi. Je devancerai l'Etat,
tuteur officieux.

LOUISE (Sanglotant.)

Oh ! Monsieur !... que vous êtes bon !... que vous êtes bon !... (Elle lui prend les
mains, et les couvre de baisers, en s'agenouillant.)

SOSTHÈNE (La relevant de force.)

Vous... vous... allez... salir votre robe. (Il embrasse l'enfant.) Allons, mettons un peu d'ordre sur cette table, Louise. Ah! le facteur!... Bonjour, facteur.

LE FACTEUR

Ben l'bonjou, M'sieu Terrien, v'là une coupl' de lettres.

SOSTHÈNE

Merci. Un verre de boire ? (Il le lui verse.)

LE FACTEUR

Ça n'est pas de refus. A vot' santé à tous. (Il boit.) Merci. (Il sort.)

LOUISE (A l'enfant, en lui montrant Sosthène qui leur tourne le dos.)

Ton père nourricier, ton bon père !... (L'enfant, suivant les indications de sa mère, envoie un baiser à Sosthène ; elle le fait rentrer dans la maison et débarrasse la table en deux ou trois fois, et ne réapparaît qu'à la fin de l'acte.)

LA REBOURSE (A sa fenêtre.)

Laïousque nous allons ! bon deu !... bon deu !... Après le Judas, la fille perdute et le petiot bâtard. (Elle referme la fenêtre.)

SCÈNE IX

SOSTHÈNE (Lisant l'adresse de l'une des deux enveloppes.)

« Monsieur Sosthène Terrien, au champ des Terrien, à Terreville, par Avrignie (Eure). (Il sort la lettre et la lit.) Monsieur, je suis chargé par M. le procureur de la République de Moissac (Lot-et-Garonne), de vous informer que le nommé Gannel Tricard, contre lequel vous aviez déposé une plainte pour vol, escroquerie et abus de confiance d'un salarié, est arrêté. Recevez, Monsieur, etc. »

Gannel, dont on a fait Gannelon — le traître de Roland — et Tricard : tricheur ; rusé ; trompeur. Homme prédestiné d'avoir de tels noms, à qui l'on aurait pu donner le bon Dieu, sans confession, suivant le dicton ; et dont l'âme vile, hypocrite et basse, avec ardeur prisait ma favorite utopie ! Equitable !... ce mot te mettait en joie ! Equitable, d'æquus, Justice !... Eh bien, on t'a bien servi, à présent !... Gannel : traître ! car ce sont tes frères que tu trahissais. Etre choyé de tous !... aimé !... avoir la foi de tous !...

Et puis : escroquer l'un ; voler de quelques sous l'autre ; abuser de mon
entière confiance. Tu en as pour cinq ans.

Et la loi de clémence ;
juste ; douce ;
humaine ;
loi de Pardon :
félon !...
n'est pas faite pour toi,
Gannelon !...
Gannelon !...

Voyons le second message !... Ah ! de mon vieux copain de *La Vérité*.
« Sosthène. » Bon ami, celui-là, un vrai frère. « Sosthène, je te renvoie ton
article sur la loi fondamentale de ton utopie, le géocratisme équitable. C'est
insensé ; fou ; inepte ; absurde ; ridicule ; etc. Je te laisse le soin d'énumérer
les adjectifs les plus insanitaires contre ton cauchemar... pour les autres.
L'insérer, nous aurions l'air de pactiser avec toi. Tant s'en faut. Dans le
champ des Terrien, occupe-toi de faire pousser de l'ellébore pour te guérir.
D'ailleurs, tu cesses, désormais, de faire partie de la rédaction de *La
Vérité*, qui ne peut digérer de semblables calembredaines. Salut et
fraternité. »

(Depuis un moment déjà, il se frottait les yeux, comme n'y voyant presque plus ; à la fin de la lettre, il la froisse et
dit, avec trois intonations différentes) Ah !... Ahh !... Ahhh !... (Et tombe évanoui, tandis que Libertat,
Jean-Pierre et Louise se précipitent vers lui.)

RIDEAU DU DEUXIÈME ACTE

ACTE TROISIÈME

ACTE TROISIÈME

SCÈNE PREMIÈRE

(Même décor. Une lampe est allumée dans la maison, au rez-de-chaussée.)

SOSTHÈNE (Seul ; assis sur le banc, et comme dans un rêve.)

O mânes des aïeux !...
ô vénérés ancêtres !...
vous, les fils de la glèbe ;
en l'avenir,
ses maîtres,
« *par un juste retour des choses* d'ici-bas »,
vous, les fils de ce sol
— *sauf vos maigres* repas —
votre ultime demeure.
oh ! restez-y !
Le somme... *le repos...*
vous sont bien dus... et gagnés,
en somme.

On vous a surnommés : les pétrats. Pétrat veut dire pierre ; et ce que Jésus a dit, on peut vous le redire : ô pierre !... ô pierre, c'est sur toi que j'établirai mon église !... un parti !... J'évoque, à dessein, ce fait-là.

Pétrats !...
Le temps vous a vengés.
Dormez en paix !...
Le passé vous brisa :
L'avenir est à vous !...

L'âme humaine est mortelle — tout est mortel !... — et votre âme individuelle, que dévora la mort, forme un tout ; et ce tout... (Se levant)

> *C'est l'Humanité,*
> *dont l'âme est* éternelle !..

Août se lève !... La moisson sera superbe. O terre : c'est le géocratisme équitable !... Mystère symbolique. Je vois le Laboureur ; les Bœufs ; la Charrue et le Soc ; le Bon Grain !... Mes chers vœux !...

> *Dans la plaine, les Bœufs, dès longtemps, à l'ouvrage,*
> *raidissent le jarret sous l'aiguillon. La voix*
> *qui les gouverne est douce et ferme : elle encourage*
>   *et commande à la fois.*
> *Et le Soc, écorchant la croûte qui crépite,*
> *creuse une fosse au grain. La fermentation*
> *prend le cadavre sec, le pourrit : il palpite*
>   *de résurrection.*
> *Oui ; nous sommes le Soc de l'immense charrue*
> *que l'on nomme Progrès. L'Erreur est au Billon.*
> *En éventrant le sol, la Vérité remue*
>   *dans le fond du Sillon.*
> *Oui ; nous sommes le Soc. Mais, le Laboureur guide*
> *le pas des Bœufs. Il sait quel est. le droit chemin.*
> *Il pousse l'aiguillon ; laisse fléchir la guide*
>   *ou flatte de la main.*
> *Oui ; nous sommes le Soc. Mais, les Bœufs sont dociles.*
> *Toujours d'un pas égal, majestueux et forts,*
> *ils vont au bout du champ ; puis, reviennent tranquilles,*
>   *patients, sans efforts.*
> *Oui ; nous sommes le Soc de la machine immense ;*
> *si nous sillonnons droit ; si nous creusons profond,*
> *nulle part n'est à nous : tout à l'Intelligence.*
>   *Elle seule répond.*
> *Quel est le sens caché ? où, l'objet de l'image ?*
> *Le Laboureur c'est... Dieu ; c'est le Vrai ; c'est le Bien.*
> *Mais Dieu, Vrai, Bien fatals ; éternel engrenage !...*

Tourbillon !... Tout... ou Rien !...

Le Bœuf, c'est le Penseur. Ruminant de l'Idée,
il mâche ; il digère ; et de la Société,
paille infecte, il jette, au loin, l'écorce vidée,
      et rend l'Humanité.

Il rend l'Humanité, bouse riche et brûlante,
où chaque molécule a son affinité,
son amour ; et crée, en courant baiser la plante,
      la Solidarité.

Et voilà ce qu'ils sont, les Bœufs de la Charrue ;
et voilà ce qu'ils font. Toi, terre du labour,
tu te nommes l'Esprit Humain ; on te remue,
      pour te jeter l'Amour :

l'Amour du Bien, du Beau ; l'Amour de la Justice.
On te retourne croûte ; on te remet à neuf,
fécondant le Sillon, admirable matrice,
      de la bouse du Bœuf.

Le Soc, c'est l'Action, chose neutre et fatale,
c'est l'Esprit qui la crée et le Bras la conduit.
Qu'il touche au but visé ; qu'il erre en un dédale :
      fatale, elle les suit.

Si, donc, parfois, broyant, dans ma route, une bête
immonde ; si, coupant l'Ivraie, aux grains bénis,
je laisse le Sillon, retenez-le, la tête
      dit : marche. J'obéis.

Moi, puissé-je, humble soc, qui me traîne et me souille
à des contacts impurs : fange ; erreur ; peau du vieil
homme, pouvoir toujours, sans tache, exempt de rouille,
      reluire au grand soleil !...

SCÈNE II

SOSTHÈNE ET LIBERTAT (Sosthène retourne auprès de son siège
et va se rasseoir, quand il se met en garde, à cause de la nuit.)

SOSTHÈNE

Est-ce toi, Libertat ?

LIBERTAT

Oui, oui. C'est moi.

SOSTHÈNE

Mauvaise journée, hélas !... hélas !...

LIBERTAT

Comment va ton malaise ?

SOSTHÈNE

Je vais mieux. Demain, il n'y paraîtra plus. J'en ai pris mon parti.

LIBERTAT

Tu m'as fait peur.

SOSTHÈNE

L'ouragan a passé : le calme est revenu. Mon bon frère !

LIBERTAT

Mon bienfaiteur !

SOSTHÈNE (Les mains dans les mains.)

Et tu veux me quitter ?

LIBERTAT

*Amère destinée, hélas !... que la mienne. Ah !... basta !... n'y pensons plus.
A partir de demain : enne, i : ni, fini, l'adorable rêve ; et, dès l'aurore, je
reprendrai le bissac, le bâton de voyage, et cette bonne humeur qui ne m'a
jamais fait défaut.*

SOSTHÈNE

Ecoute, et mets-toi là. (Il s'assied.)

LIBERTAT

Volontiers. (Il s'assied aussi.)

SOSTHÈNE

Et causons.

LIBERTAT

Bien. Je t'écoute.

SOSTHÈNE (Après un petit temps.)

Je te connais comme la poche d'un vieux pantalon.

LIBERTAT (Souriant.)

Merci bien. (Il se lève, s'incline et se rasseoit.)

SOSTHÈNE

Homme de bien ; ne faisant du tort à personne ; vrai ; discret ; honnête ; bon travailleur ; toujours gai et ne croyant à Dieu... que comme tout le monde. Je ne t'en fais pas un blâme ; ni ne te fronde, pour cela. Chacun est libre, et, là, dans son for intérieur, d'adorer qui bon lui semble. Or, venons tout droit à la loi d'airain, de Lassalle ; ou, bien mieux, à ce qui lui ressemble, à peu près : le double but de l'offre et... du consentement. Si je te donnais la propriété que... (Il lui désigne la gauche.)

LIBERTAT

Merci. Je n'en veux pas. Nous sommes en affaires. Moi, je suis un ouvrier qui refuse de l'ouvrage, de toi, capitaliste, parce que je sais que l'offre est de beaucoup la plus forte ; et, jamais je ne donnerai mon consentement. Si, frère, consentement il y a.

SOSTHÈNE

Tu crois. Jusqu'à terre, Monsieur le Mare te saluerait. Tu serais l'un de ses administrés ; un propriot, ouais ! Inscrit sur le cadastre ; un bon bourgeois... honnête ; un Monsieur, par un grand M. Au lieu de : mazette ; cheval de retour ; un va-nu-pieds ; un marche à terre ; un chemineau ; vil vagabond, qui mangea du pain noir de prison, jusqu'à ce qu'un Sosthène Terrien — un communard, dit le beau Démosthène, retiré, par affaire d'héritage — lui ait ouvert sa porte et son grenier.

LIBERTAT (Il baise la main de Sosthène.)

... Celui dont n'ont pas voulu les autres !... Misère immonde. (Il pleure.)

SOSTHÈNE

Chassé de tous les partis ; honni par le monde et la société ; trappé ; traqué par la justice de son pays ! préfère, de là, retomber dans son indifférence coupable, plutôt que d'accepter un état convenable, conforme à ses goûts ; à son éducation ; à ses mœurs. Que réponds-tu ? N'ai-je pas raison mille fois ? Suis-je pas dans le vrai ?

LIBERTAT

Non, non, non !... je ne puis...

SOSTHÈNE

Et si je te dis : avec moi, partage le grand honneur d'être utile à l'humanité, suivant les ardents principes de la bonté, de la fraternité. Frère, sois un apôtre de la foi nouvelle, qui, cette fois, est nôtre. Si je donne le sol, frère, c'est pour que tu héberges des meurts-de-faim, comme toi, fétu :

Et que vous en fassiez,
féconde et vigoureuse,
éclore,
au grand soleil,
la gerbe...
niveleuse...
de quoi l'humanité doit se nourrir...
un jour.

LIBERTAT (La tête penchée, et joignant les mains.)

Oui ;
le géocratisme est une loi d'amour !

SOSTHÈNE (Se levant.)

Si je donne le sol,
frère,
c'est pour te rendre *ce qu'on t'a volé :*
soleil ;
air ;
et sol !...
Oh ! tendre,
sublime trinité
dont le nom est :
l'Ether.

L'Ether, c'est notre Dieu !...
c'est la Vie !... et l'Eclair !...
De l'atome éternel
aux astres qui gravitent ;
des tourbillons du ciel infini,
qui s'agitent,
aux frondes de l'Espace,
ah !
c'est David vainqueur.
Des âmes,
chef d'orchestre,
il dirige le chœur,
l'Ether !...
Le soleil luit, chauffe :
c'est notre père *à tous !...*
L'air emplit nos poumons :
c'est la Vie !...
Hère,
condamné, de par les livres saints,
au travail,
l'homme peine.
Ils en ont menti.
L'épouvantail *est chez eux...*
au contraire.
Et, nous en tirons gloire,
et la main dans la main,
dans l'accès transitoire,
entre hier et... demain.
Hier :
la domesticité ;
et demain :
communisme *et* collectivité.
La terre, met en rut, nos besoins :
Nourriture !...
Propriété !...

XII

Clocher !...
Patrie !...
O quadrature *du cercle !...*
songe creux !...
qui s'évanouira, *de soi-même,*
quand l'homme honnête publiera
la collectivité ;
le parfait communisme ;
le partage du sol à tous :
géocratisme.
Frère, quand verrons-nous resplendir ce beau jour ?

LIBERTAT (Debout, regardant le ciel.)

Oui ;
le géocratisme est une loi d'amour !

SOSTHÈNE

Loi d'amour ; d'union ; d'éternelle justice.

LIBERTAT

Du Vrai ; du Beau ; du Bien : admirable édifice.

SOSTHÈNE ET LIBERTAT (Se tenant par la main.)

Oui.
Le géocratisme est une loi d'amour.

LIBERTAT

Eh bien !... eh bien !... j'accepte.

SOSTHÈNE

Ah ! tant mieux. Laisse-moi t'embrasser.

LIBERTAT

*Ah ! je t'aiderai dans cette foi d'humanité que tu m'as communiquée ; et le
but noble que tu vises, avec ardeur, je le viserai, de même, à mon tour. Mais,
tu n'as pas...* (Il désigne la gauche.)

SOSTHÈNE

Si, j'ai mon idée... et... que tu comprendras.

LIBERTAT

Eh bien, soit, j'accepte donc ; mais, j'accepte au nom de tous mes frères miséreux, comme moi — profonde abjection — qui demandent une place au soleil ; à la lumière ; à l'air libre ; un morceau de subsistance et de pain ; un logement, et de cette nourriture intellectuelle, soit : le travail. Le travail est aussi nécessaire à l'homme de bien, au point de vue moral, que la santé du corps, au point physique.

SOSTHÈNE

Bien dit, frère. Merci. Je rentre. Attends-moi là. (Il rentre dans la maison, et porte la lampe au premier étage.)

SCÈNE III

LIBERTAT (Seul.)

La nouvelle ère est proche !... Les temps sont venus ; l'heure est prête à sonner. Mais les Rameaux sont près du Golgotha. O le grand cœur !... Le vaste esprit !... O l'honnête homme !...

(Dans la maison, à côté, chantent cette chanson-là, la Rebourse et son compère Bouffard ; qu'ils accompagnent avec des couteaux, mis en travers, sur le bord de la table, et qu'ils font vibrer, en cadence, pour imiter le tic-tac du moulin.)

LA REBOURSE (Cachée.)

Pierre, en allant à son moulin (bis),
a rencontré la bell' catin,
la prend ; la r'mu' ; la vir' ; la tourn' et la retourne.
Ah ! quittez-moi donc ! lâchez-moi donc !
Laissez-moi ça :
car jamais personn' ne me le prendra.

LIBERTAT (En scène.)

Oh ! quel contraste frappant : d'une part, la somme d'ignominie et de bassesse, ce que la nature humaine peut concevoir ; et là... là (Il désigne le premier étage), *le fleuron de l'humanité.*

BOUFFARD (Caché.)

A rencontré la bell' catin (bis),
il la mena jusqu'au moulin,
la prend ; etc.

LIBERTAT

La pourriture et l'immoralité, ici. Là, la droiture et la confiance. D'un côté, la bonté ; de l'autre, l'ignorance et la cupidité.

LA REBOURSE (Cachée.)

Il la mena jusqu'au moulin (bis),
la jeta sur un sac de grains.

Ah ! ah ! ah !... (Eclats de rires.)

BOUFFARD (Caché.)

La prend ; etc.

LA REBOURSE

Ah ! quittez-moi, etc.

TOUS DEUX (Cachés.)

Ah ! quittez-moi donc, etc.

Ah ! ah ! ah !... (Eclats de rires.)

LIBERTAT (En scène.)

Là, les beaux dévoûments ; les actes méritoires :
pacifiques combats des plus justes victoires.

SCÈNE IV

LIBERTAT, ᴇᴛ JEAN-PIERRE

JEAN-PIERRE

Le Mire, j' voudrions te demanner queuque chose.

LIBERTAT

A ton service, Jean-Pierre.

JEAN-PIERRE

J'ons appris, ce tantôt, qu' la Rebourse s' remariait à la fin du mais.

LIBERTAT

Comment, après-demain ?

JEAN-PIERRE

Eh non, le mais prochain. All' épouse Bouffard. Tu sais bén, c' taraboudin de

Bouffard, qu'est à table d'aveuc all', en ce moment-échin. Le galopeux l'a coque-linée, au point qu' dix mais passés depuis son veuvage, all' s'en marira pour la saint Barthélemy, et fera s'en marière Mariotte — v' là c' qui m' fait de l'apos plus que tout... d'aveuc le cadet Bouffard ; un taupin, comm' son aînné.

LIBERTAT

Qu'est-ce que tu veux que j'y fasse ?

JEAN-PIERRE

Eh ben, v'là. J'ons envie de faire la demanne à sée à la Rebourse ; et, si all' m' r' fuse, d'enlever Mariotte ; de parti d'aveuc all' ben loin, ben loin ! iousqu'au bout du monde... iousqu'au pé de France... à Paris.

LIBERTAT (Souriant.)

Paris n'est pas au bout du monde, en partant d'ici. Quel âge as-tu ?

JEAN-PIERRE

J'allons sur mes vingt-chinq ans.

LIBERTAT

Et quel est son âge ?

JEAN-PIERRE

Dix-neuf ans, et cha va su sa vingtaine.

LIBERTAT

C'est trop jeune. Il faut vingt et un révolus.

JEAN-PIERRE

Jarnideu, j' voulons l'enlever, l'endrait, si on m' la r' fuse.

LIBERTAT

Ton idée est bonne de la demander à sa mère. Attends ton oncle, homme ferré sur la loi ; et s'il te dit qu'elle peut être ta femme, tu la demandes, ce soir, pour la forme, et tu l'enlèves, quand le moment sera venu.

JEAN-PIERRE

Merci, le Mire. Ah !... v'là m' n oncle. J' n'osons pas. Parle-le, si te plaît.

SCÈNE V

Les Mêmes, plus SOSTHÈNE

LIBERTAT

Voici Jean-Pierre, qui voudrait te demander un conseil.

SOSTHÈNE

Voyons.

LIBERTAT

Il a appris, aujourd'hui, que la Rebourse se remarie à la fin du mois d'août.

SOSTHÈNE (Entre ses dents.)

Je m'en doutais, la carogne. (Haut.) Continue.

LIBERTAT

Avec Bouffard.

SOSTHÈNE

Elle sera Mme Soiffard.

LIBERTAT

Et veut, le même jour de son remariage, que sa fille Mariotte se marie avec le frère du dit Bouffard. (Mariotte paraît à la fenêtre du premier étage, côté de la Rebourse.)

JEAN-PIERRE

Un taupin comm' son frère aînné. Alors, j'ons dit, dit-i, sous vot' respect, m'n oncle, qu' j'allions c'ti sai faire la demanne, et si la Rebourse m' la refusions, j' l'enlevons.

SOSTHÈNE

Garde-t'en bien !... garde-t'en bien !... mon gas. Elle mettrait la gendarmerie à vos trousses ; et, passant devant un tribunal quelconque, sur la plainte de la mère, vous seriez condamnés — quoique mariés... ou non ; elle, jusqu'à sa majorité, dans une maison de correction, et toi, à cinq ans de travaux forcés. Ce qui te ferait trente ans lorsque tu sortirais, prêt à l'épouser... si elle t'avait attendu. Garde-t'en bien !... garde-t'en bien !... Voici ce que tu dois faire. Demande-la en mariage, tout à l'heure, et puis, si tu n'obtiens qu'un refus... ce dont je me doute un peu... viens me retrouver, et je te dirai ce que tu dois faire.

JEAN-PIERRE

Merci, m' n oncle. J'allons d' c' pas ichin, et nous voirons ben s' j' n' l'ai mie.

SOSTHÈNE (Ouvrant la porte de la palissade.)

Par ici ; passe par ici. Je ne la crains plus. Qu'elle s'en aperçoive ou non, j' m'en fiche comme de Colin-Tampon. Bonne chance, mon fiston.

LIBERTAT

Bonne chance, Jean-Pierre.

JEAN-PIERRE

Merci. (Il disparaît.)

SOSTHÈNE

Je te laisse la porte ouverte. (Mariotte, qui a vu Jean-Pierre s'avancer, lui fait signe qu'elle va descendre, et se retire de la fenêtre, qu'elle referme.)

SCÈNE VI

SOSTHÈNE et LIBERTAT

SOSTHÈNE

Ah ! je t'ai préparé ce papier. Tiens, voici la donation, en règle.

LIBERTAT

Merci, merci. Tu n'auras pas à t'en repentir.

SOSTHÈNE

Je désire... je veux... que la terre que je te donne, tire son nom du nom de ses fondateurs : les Terrien.

LIBERTAT

Ce sera fait suivant ta volonté.

SOSTHÈNE

Plus rien à te dire... Ah ! j'oubliais le plus important. Je désire que tu joignes « Terrien » à ton nom de « Libertat ». De mon fils adoptif tu serais le tuteur... si je venais à mourir... jamais.

LIBERTAT

Je le jure.

SOSTHÈNE

Je me fie à ton sentiment de profonde humanité, pour amener à bien le Bourgeois dissident, et pour lui faire saisir les bienfaits du géocratisme.

LIBERTAT

Oui.

SOSTHÈNE

Mon désir sera satisfait, au delà. (Un petit moment.) *Si la Rebourse refuse... ah ! nom de D... je n'aurai qu'une ressource.*

LIBERTAT

Quoi donc ?

SOSTHÈNE (L'attirant sur le devant de la scène.)

J'ai lu, dans un journal, qu'il y avait, à Caen, un ouvrier miséreux, aveugle et malade ; soigné par sa femme, invalide elle-même ; et qui répondait, à celle-ci — laquelle se lamentait d'avoir un fils sous les drapeaux : « Va me chercher de l'eau fraîche, j'ai soif. » Le dos tourné ; tandis que va, sa femme, à la fontaine ; il sort de son grabat ; tâtonnant, avec peine, trouve la fenêtre ; l'ouvre et... se jette... en bas...

LIBERTAT

Oh !

SOSTHÈNE

... Laissant son fils... fils de veuve (*).

LIBERTAT

C'est beau !... c'est digne des temps antiques.

SOSTHÈNE

Digne de tous les temps. M'inspirant de tragiques scènes comme celle-là, je veux que ma mort profite... à d'autres. (Éclats de voix, et bruit au fond.) *Ah ! quel est ce bruit discord ? Ecoute, Libertat !... Ah !... ah !... cette dispute !...* (Il va prendre son fusil placé à l'entrée de la maison.) *Cette voix soulée ! Ah !... de par droit, j'exécute l'arrêt géocratique, qui dit : que celui qui menace ou complote le bonheur d'autrui, doit mourir.*

(*) Historique.

LIBERTAT

Oh ! tu me fais trembler.

SOSTHÈNE

La vipère morte... mort le venin.

LA VOIX DE MARIOTTE

Au secours !...

LA VOIX DE JEAN-PIERRE

Viens !... viens !...

LIBERTAT

Oh !...

SOSTHÈNE

Ici ; par ici !... (Il montre la porte à Jean-Pierre et à Mariotte, qui la franchissent.)

SCÈNE VII

SOSTHÈNE, LIBERTAT, JEAN-PIERRE, MARIOTTE
ET LOUISE (Qui sort de la maison.)

SOSTHÈNE (En avant sur tous les autres.)

Tonnerre de Dieu, si tu t'avances de deux pas, je te tue, ainsi qu'une truie immonde que tu es.

LA VOIX DE LA REBOURSE

Ah ! carnage !... carnage !... carn'... ah !... ahhh !... (On entend, de l'autre côté du palis, la chute d'un corps tombant parmi les éclats de verre. Silence.)

LIBERTAT

Rien.

SOSTHÈNE

Plus rien.

MARIOTTE

M' mère !... (Elle pleure.)

LIBERTAT

Est-elle morte ?

XIII

SOSTHÈNE

Elle est ivre-morte... sans doute.

JEAN-PIERRE

All' s' ra tombée à terre. All' nous pourcachait aveuc une butelle en main. All' s' s'ra brisée.

LA VOIX DE BOUFFARD

Pour sûr, qu'all' est morte, ma fine !... ah !... Bon Deu !... Bon Deu !... son sang a gisclé partout.

MARIOTTE

Ma paoure mère... ah !... ah !...

SOSTHÈNE (A Libertat.)

Va voir. (Libertat, Mariotte, Jean-Pierre et Louise passent par la porte de la lice.)

LA VOIX DE LIBERTAT (De dehors la scène.)

Elle s'est fracassé le crâne en tombant sur les débris de sa bouteille.

SOSTHÈNE (A mi-voix.)

Tant mieux.

LIBERTAT (Revenant.)

Bouffard et Jean-Pierre la portent sur son lit. Elle s'est tuée sur le coup.

SCÈNE VIII

SOSTHÈNE et LIBERTAT

(Moment de silence, pendant que Sosthène remet son fusil à la place qu'il occupait, à l'entrée de la maison.)

LIBERTAT (Rompant le silence.)

Je ne veux, à présent, de ton offre si chère !...

SOSTHÈNE

Si. Plus que jamais. C'est le seul moment, ô frère, de ma vie entière... hélas !... faite de vau-l'eau, de déboires... — hors la gloriole de beau parleur — d'ennuis et de désespérances, qu'il me soit donné d'être parfaitement heureux. Ah ! le contentement est à son comble !... Enfin !... enfin !... (Comme se parlant à lui-même.) *La Rebourse morte !... les deux enfants, demain, vont s'unir. Heureux âge !... âge égoïste... comme les vieillards. Ils ne savent rien — ou tout — en somme, de la vie. A trente ans, à peu près, les lutteurs s'enduisent d'huile le corps, et les spectateurs les environnent. Hipp ! Hipp ! Hourrah !... C'est la lutte pour la vie. Oh ! là, tombé !... gare à la culbute. Ils montent à peine les premiers échelons de l'échelle double de l'existence. Allons ! grimpons !...* (A Libertat.) *Toi, tu es au bout, à quarante ans, et, te tenant à califourchon, tu te maintiendras de même, jusqu'à cinquante. Et puis, puis, tu seras comme moi, qui commence à descendre. En tous cas, l'échelle des humains... échelle droite... celle-là, comme Jacob, en songe, la vit ; échelle éternelle, atteindra par la fraternité, la Vérité, la splendeur de l'humanité !... Ah ! la Rebourse morte, elle m'évite un acte vengeur que ma conscience aurait absous : pacte inviolable entre ma stricte probité et le programme que je me suis décrété. Et je puis dire encor, ce que je disais, frère, avant que tu vinsses... ma stance funéraire :*

> *Moi, puissé-je, humble soc, qui me traîne et me souille*
> *à des contacts impurs : fange ; erreur ; peau du vieil*
> *homme, pouvoir toujours, sans tache, exempt de rouille,*
> *reluire au grand soleil !*

Embrassons-nous, frère, en humanité.

LIBERTAT

Mon bon frère !... mon cher frère !...

SOSTHÈNE (Sur le seuil de la maison.)

Et maintenant, ami, mon cher ami, je mourrai tranquille. (Rentré, il ferme la porte à double tour.)

LIBERTAT

Tu veux rire. (Il court vers la porte.) *Il a fermé la porte !... Oh !... il est fou !... Pire penser !... Sosthène !... Sosthène !...*

SOSTHÈNE (Paraissant à la fenêtre.)

Non, je ne suis pas fou !... mais... mais... je suis las de la vie !... et, puisque tu me remplaces... bien... je m'en vais d'où l'on ne revient pas : au Néant. Libertat, je te donne mon dernier salut.

SCÈNE IX

Les Mêmes, M. DELATRE et son Fils

M. DELATRE

Qu'y a-t-il ?

LIBERTAT

Ah !... Monsieur le Maire !

M. DELATRE

Encore vous !...

SOSTHÈNE (De la fenêtre.)

Oui, encore lui. Je vous présente M. Jacques Cabirol dit Libertat, ex-prêtre défroqué !... ancien vagabond... présentement propriétaire (Rentrent silencieusement Jean-Pierre, la Gillotte, Louise et d'autres, par la porte de la lice) du champ Savary, qui s'appellera désormais : champ des Terrien, ainsi que la propriété de mon frère.

LIBERTAT

Merci.

SOSTHÈNE

Il a l'acte par lequel je reconnais comme mon fils adoptif, Louis Milher, fils de Louise Milher et de père inconnu.

LOUISE

Ah ! merci... merci.

M. DELATRE

Pourquoi m'a-t-on appelé ?

SOSTHÈNE

Un moment. C'est que la Rebourse s'en est allée, devant Dieu — à qui elle croyait ! — dans un état d'esprit on ne peut plus convenable : elle a trépassé, dans ce qu'on pourrait appeler, en Normandie : le champ des pommes du Seigneur.

SIGISMOND

Il est nauséabond. (Il fait une pirouette.)

SOSTHÈNE

*Tais-toi, crapoussin. De tes pareils, dans le train, il n'en existera plus,
et la loi d'airain sera faite pour eux ; sinon, au lieu de, dans le train, on
les conduira chez Macquard. Plus qu'un mot. Je veux dire à mon frère un
éternel adieu.* (Il se tourne vers la place, à gauche, où, censément il voit le lit où son frère est mort ; mais,
restant près de la fenêtre, les spectateurs le voient.) *Toi !... vous, mon frère aîné, mon frère
vénéré ; quoique des dissentiments nous aient éloignés l'un de l'autre, nous
avons, vous et moi, de par le monde, poursuivi la même fin et le même but ;
ayant toujours devant nous le même azimuth : l'amour du prochain. Mais,
vous, très bon chrétien ; homme des champs ; simple et naïf, vous n'avez visé
— comme vous le deviez — que vos semblables : le paysan, comme vous ;
et moi, libre-penseur — quoique enfant du même sol — et géocrate équitable,
je voulus que la bonne harmonie et la stable justice régnassent sur terre : les
mauvais étant supprimés. Dans cette chambre, où je sais que nous naquîmes
tous les deux ; en face de ce lit où tu rendis ton dernier soupir, mon frère,
je veux mourir à mon tour.*

LES ASSISTANTS

Ohhh !...

SOSTHÈNE

Tout en formulant le même vœu que le tien :
                Vœu d'amour brûlant ;
          vœu de géocratisme équitable !...
                  vraie ère
            d'Harmonie et de Justice :
              aux Terrien...
               La Terre !...

(Il se brûle la cervelle. Mouvement d'horreur.)

LES ASSISTANTS

Ohhh !...

LIBERTAT (Esquissant un mouvement de génuflexion.)

*Il fut un de ceux-là, qui, sûrs de l'avenir,
uniront les troupeaux, à force de hennir...*

RIDEAU FINAL

ERRATA

A la PRÉFACE, page xɪɪ, ligne 4, il faut : *et il n'y a*, au lieu de : *et il y a ;* à la même page, ligne 8, il faut : *et qui ne profère,* au lieu de : *et qui profère.*

A l'ACTE PREMIER, page 32, ligne 8, il faut : *les immeubles, les terres et les valeurs.*

A l'ACTE DEUXIÈME, page 53, ligne 22, il faut : *de ne pas avoir eu Clémence Royer.*

DOLE-DU-JURA. — TYPOGRAPHIE L. BERNIN